D1205055

ESTE DIARIO PERTENECE A:

Nikki J. Maxwell

PRIVADO Y CONFIDENCIAL

SE RECOMPENSARÁ
su devolución en caso de extravío

(¡¡¡PROHIBIDO CURIOSEAR!!!☹)

Rachel Renée Russell

diario de una DORK 10

UNA **CUIDADORA**
DE PERROS CON
MALA SUERTE

MOLINO

Penguin
Random House
Grupo Editorial

Título original: *Dork Diaries 10: Tales from a NOT-SO-Perfect Pet Sitter*

Primera edición en PRHGE Infantil, S. A. U. (anteriormente RBA Libros, S.A.): octubre, 2016
Primera impresión en Penguin Random House Grupo Editorial USA: marzo de 2022

Publicado por acuerdo con Alladin, un sello de Simon & Schuster Children's Publishing Division,
1230 Avenue of the Americas, Nueva York NY (USA)

© 2015, Rachel Renée Russell, por el texto y las ilustraciones
DORK DIARIES es una marca registrada de Rachel Renée Russell

© 2021, de esta edición: PRHGE Infantil, S. A. U. (anteriormente RBA Libros, S.A.)
PRHGE Infantil, S. A. U. es una empresa del grupo Penguin Random House Grupo Editorial, S. A. U.
Travessera de Gràcia, 47-49, 08021, Barcelona

© 2022, Penguin Random House Grupo Editorial USA, LLC.
8950 SW 74th Court, Suite 2010
Miami, FL 33156

penguinlibros.com

© 2016, Isabel Llasat Botija, por la traducción

Este libro es una obra de ficción. Todas las referencias a sucesos históricos y personas o lugares
reales están utilizadas de manera ficticia. El resto de los nombres, personajes, lugares y eventos
son producto de la imaginación, y cualquier parecido con sucesos y lugares reales, o personas vivas o fallecidas,
es totalmente fortuito.

Penguin Random House Grupo Editorial apoya la protección del *copyright*.
El *copyright* estimula la creatividad, defiende la diversidad en el ámbito de las ideas y el conocimiento, promueve
la libre expresión y favorece una cultura viva. Gracias por comprar una edición autorizada
de este libro y por respetar las leyes del Derecho de Autor y *copyright*. Al hacerlo está respaldando a los autores y
permitiendo que PRHGE continúe publicando libros para todos los lectores.

Queda prohibido bajo las sanciones establecidas por las leyes escanear, reproducir total o parcialmente esta
obra por cualquier medio o procedimiento así como la distribución de ejemplares
mediante alquiler o préstamo público sin previa autorización.
Si necesita fotocopiar o escanear algún fragmento de esta obra diríjase a CemPro
(Centro Mexicano de Protección y Fomento de los Derechos de Autor, https://cempro.com.mx).

ISBN: 978-1-64473-531-2

Impreso en México – *Printed in Mexico*

22 23 24 25   10 9 8 7 6 5 4 3 2 1

En memoria de
mi papá y héroe,
Oliver.

Gracias por enseñarme
a tener grandes sueños, esforzarme
¡y no rendirme NUNCA!

Mira, lo he intentado SINCERAMENTE, lo de ser educada con este tema, pero... ¡¡LO SIENTO!! ¡¡NO PUEDO SOPORTARLO MÁS!!

Si vuelvo a oír mencionar el nombre de MacKenzie Hollister una sola vez... ¡¡¡GRITARÉ!!!

No puedo creer que toda la escuela SIGA hablando de ella. Cualquiera diría que sufren una obsesión enfermiza.

"Si estuviera MacKenzie, ¡esto le FASCINARÍA!".

"Si estuviera MacKenzie, ¡esto le ESCANDALIZARÍA!".

"¡Esta escuela no volverá a ser igual sin MacKenzie!".

"¡OH, CIELOS! ¡Cómo extraño a MacKenzie!".

¡MACKENZIE! ¡MACKENZIE! ¡MACKENZIE! ¡¡☹!!

¡YO EN PLENA CRISIS NERVIOSA PORQUE ESTOY HARTA DE QUE TODO EL MUNDO HABLE DE MACKENZIE!

A ver si se enteran de una vez por todas: ¡¡MacKenzie se MARCHÓ hace una semana y NO va a regresar!!

¡¡Así que lloren, séquense los mocos y supérenlo!!

De acuerdo, lo confieso.

Yo me quedé tan pasmada y sorprendida como los demás cuando MacKenzie decidió irse de aquella manera.

Pero esa chica ME ODIABA A MUERTE y me hacía la vida IMPOSIBLE.

Y, sinceramente, parece que AÚN anda por aquí.

Por extraño que parezca, casi puedo SENTIR su presencia, incluso ahora mientras escribo mi diario.

Claro que algo tendrá que ver la BASURA de MAL GUSTO que están dejando en su honor y que ¡está INVADIENDO EL ESPACIO DE MI CASILLERO! ¡¡☹!!

YO ASQUEADA CON TODA LA BASURA
QUE OCUPA MI ESPACIO. ¡¡☹!!

Supongo que MacKenzie está DISFRUTANDO de que su ex-BFF Jessica haya convertido su casillero vacío en un altar en su honor, ¡con su propia página de Facebook y todo!

¡¡POR-FA-VOR!!

Obviamente MacKenzie SIGUE manipulando alumnos.

Sobre todo luego de ese MAIL DE DESPEDIDA tan patético y melodramático que ha enviado esta mañana al periódico de la escuela.

El editor hasta lo subió a la web para que lo pudieran leer todos.

¡MADRE MÍA! Cómo se lamentaba MacKenzie sobre lo cansada que estaba de tanto sufrimiento innecesario y cómo había decidido irse a un lugar mucho mejor.

Seguro que lo decía para que todo el mundo sintiera LÁSTIMA.

Por si acaso yo CONTABA todas las cosas HORRIBLES que hizo antes de irse.

Pensar en todo esto me INDIGNA tanto que saco humo... ¡por las OREJAS y por la NARIZ! ¡¡☹!!

Puede que no suene elegante lo que voy a decir, pero les diré en qué se parece MacKenzie a un pañal de bebé:

LOS DOS SON DE PLÁSTICO,
LOS DOS ABSORBEN TODO LO QUE TOCAN
¡¡Y LOS DOS ESTÁN LLENOS DE CACA!!

TODAVÍA no he superado todo lo malo que me hizo MacKenzie. Como robarme el diario, entrar en la cuenta de la Señorita Sabelotodo, responder a consultas de los alumnos con cartas falsas y muy malvadas y difundir mentiras y rumores terribles.

¿Y ahora se hace la VÍCTIMA solo porque alguien difundió un estúpido video de ella poniéndose histérica al encontrarse un bicho en el pelo? ¡Sí, claro!

Total, que MacKenzie puso fin a su supuesto padecimiento en el Instituto Westchester Country Day cambiando a un lugar supuestamente mejor...

¡La Academia Internacional North Hampton Hills!

Es una escuela muy chic para hijos de famosos, políticos, empresarios millonarios y miembros de la realeza. Claro que, ahora que lo pienso, MacKenzie encaja perfectamente entre los miembros de la realeza.

¡Porque es la mayor REINA DEL MELODRAMA de la historia universal! ¡¡☹!!

MACKENZIE, ¡REINA DEL MELODRAMA!

Además, todo el mundo está diciendo MARAVILLAS de su nueva escuela.

Según MacKenzie, tiene chef francés, un Starbucks, caballos, spa, pista para helicóptero y un centro comercial con tiendas exclusivas para que los alumnos puedan ir de compras en los recreos y al salir de clase.

¡Y no lo creerás! Dice que en su escuela hay cajeros automáticos en todos los pasillos, junto a fuentes de agua que ofrecen hasta siete tipos de agua de diferentes sabores frutales.

Pero MacKenzie es tan MENTIROSA que hasta había empezado a preguntarme si su SUPERESCUELA existía de verdad.

No me habría extrañado que se lo hubiera inventado para impresionar a todo el mundo y que en realidad estudiara desde casa.

Por eso la busqué en Internet. Y encontré su web oficial.

¡MADRE MÍA! ¡No podía creer lo que veía!

¡El adjetivo "CHIC" para la Academia Internacional North Hampton Hills se queda corto!

¡¡¡Es un sitio ASOMBROSO!!!

Me recuerda mucho la escuela de Harry Potter, Hogwarts.

Solo espero que MacKenzie consiga finalmente ser feliz (suponiendo que realmente vaya a esa escuela).

Mmm... me pregunto si en North Hampton Hills concederían una beca a una alumna muy trabajadora a cambio de servicios de fumigación de BICHOS...

¡ES BROMA! ¡¡☺!!

Pero mira, no sería la primera escuela que hace un trato así, ¡¿VERDAD?!

En cualquier caso, ahora que MacKenzie se ha ido, ¡MI vida va a ser EXCELENTE! ¡☺!

¡Y SIN DRAMAS! ¡☺!

Bueno, tengo que dejar de ~~berrear~~ escribir y prepararme para salir.

Veré a Chloe, Zoey y Brandon en la pastelería Dulces Cupcakes dentro de veinte minutos, y TODAVÍA tengo que ponerme mi vestido preferido.

¡¡¡Los cupcakes que hacen ahí están RIQUÍSIMOS!!!

¡YAJUUUUU!

¡¡☺!!

Ha sido súper relajarse un rato con Chloe, Zoey y Brandon en Dulces Cupcakes.

Aunque en mi interior estaba bailando como Snoopy mientras contaba con alegría desbocada los MINUTOS que MacKenzie llevaba FUERA de mi vida...

¡¡12 584, 12 585, 12 586, 12 587, 12 588, 12 589...!!

¡¡ESTOY... TAN... FELIZ!!

¡¡YO BAILANDO COMO SNOOPY!!

Empezaba a creer que, FINALMENTE, Mackenzie se había ido PARA SIEMPRE.

Me sentía ESPERANZADA y con un futuro RENOVADO por delante.

Estaba tan pensativa que no me di cuenta de que Brandon no paraba de mirarme.

Cuando lo vi se sonrojó y me dio un precioso cupcake con un corazón rosa.

"Nikki, qué bueno que volvamos a salir. Sé que últimamente no lo has pasado del todo bien, pero espero que ya esté arreglado", dijo tímidamente, apartándose el flequillo de los ojos.

"Brandon, ¡todo es PERFECTO!", respondí encantada.

Y nos quedamos mirándonos y sonrojándonos.

Y así estuvimos (platicando encantados, mirándonos y sonrojándonos) durante, no sé, ¡¡una ETERNIDAD!!

BRANDON Y YO ENCANTADOS, MIRÁNDONOS
Y SONROJÁNDONOS ANTE UN CUPCAKE.

¡MADRE MÍA! ¡Era TAN romántico!

De pronto empecé a sentir un ejército de hormigas en la panza.

Sentía al mismo tiempo cosquillas y un poco de náuseas. Como si quisiera vomitar... ¡un arcoíris de CONFETI PARA CUPCAKES!

¡¡YAJUUUUUUUUUUUUU!! ¡¡☺!!

Cuando nos mirábamos a los ojos, ¡sentía claramente que estaba a punto de suceder algo muy LOKOOO!

¡DE NUEVO! Algo como... ¡lo que tú YA SABES! ¡¡☺!!

Chloe y Zoey, que estaban sentadas en la mesa de al lado, se habían ido a otra tienda a comprarse malteadas de fresa. ¡Brandon y yo nos quedamos solos! ¡☺!

NO HAY palabras para explicar lo que pasó después...

¡¡MADRE MÍA!! NO podía creer que de verdad fuera...

¿MACKENZIE HOLLISTER? ¡¡☹!!

¡Había surgido de la nada!

Brandon y yo éramos las víctimas de otro...

¡ATAQUE DE MACKENZIE VIVIENTE! ¡¡☹!!

MacKenzie lucía una ENORME sonrisa estampada en la cara, con los labios pintados con brillo Rojo Vengador. Un color que, por cierto, no combinaba con nuestro cupcake rosa que no sé cómo le había ido a parar a la cabeza y resbalaba por la cara.

Se quitó muy despacio un trozo de cupcake aplastado y se chupó el dedo para limpiarlo.

"¡Uy, PERDÓN!", dijo con una risita.

Luego sonrió pérfidamente y soltó...

¡MACKENZIE DEVOLVIÉNDONOS EL CUPCAKE!

¡MADRE MÍA! ¡Aquellos restos de cupcake eran tan asquerosos que volví a sentir ganas de VOMITAR! ¡☹!

Me di cuenta de lo EQUIVOCADA que estaba respecto a MacKenzie. ¡¡NO se había ido de mi vida para siempre!! ¡¡TODAVÍA no!! Pero pensaba solucionar ese problemita rápidamente.

¡¿QUE CÓMO?! Pues agarrándola por ese cuello tan retorcido que tiene y obligándola a comer cupcakes hasta que le saliera el glaseado por las orejas.

¡MacKenzie era CRUEL y DESPIADADA! No solo había echado a PERDER mi cupcake sino que además había INTERRUMPIDO a lo bestia mi casi SEGUNDO BESO con Brandon. ¡☹!

(Que, por cierto, esta vez NO tenía nada que ver con ayudar a los niños necesitados del mundo.)

La miré directamente a sus malvados ojos y vi que lo había hecho todo solo para dañar mi relación con Brandon.

"¡¡¡MacKenzie!!!", exclamé casi sin voz. "¡¿QUÉ haces tú aquí?!".

"Vine a saludar. ¡Hace un MONTÓN de tiempo que no nos veíamos! ¡Y la verdad es que no has cambiado nada, Nikki!".

"A lo mejor es porque solo ha pasado una semana, un día, ocho horas, cincuenta y cuatro minutos y treinta y nueve segundos. Y no es que lo haya contado, no creas...", murmuré.

Entonces no pude contenerme y grité: "¡MacKenzie! ¡La próxima vez intenta desaparecer el tiempo SUFICIENTE para que te pueda empezar a extrañar! No sé, por ejemplo, ¡¡veintisiete AÑOS!!". Pero solo lo dije en el interior de mi cabeza y nadie más lo escuchó.

¡Aún no puedo creer lo que hizo después!

¡¡Ignorarme por COMPLETO y COQUETEAR descaradamente con BRANDON!!

"Oye, Brandon, ¿salimos el fin de semana? Así te cuento todo sobre North Hampton Hills. Te encantaría. ¡Deberías pedir que te cambien!", dijo pestañeando en plan seductor mientras se enroscaba un mechón de cabello con el dedo en un intento evidente de hipnotizarlo para que cumpliera sus perversos deseos...

¡¡MACKENZIE COQUETEANDO DESCARADAMENTE CON BRANDON!!

"Pues la verdad, MacKenzie, es que Nikki me lo contó todo. Lo siento, pero ¡NO salgo con SOCIÓPATAS!", le contestó mirándola mal.

"Pues, mira, Brandon, ¡no deberías creer todo lo que te cuenta tu amiguita!", respondió MacKenzie con sorna. "¡Sobre todo si no ha tomado sus MEDICAMENTOS!".

NO podía creer que esa tipa me pusiera en ridículo de aquella manera. ¡¡Y encima delante de mi AMOR SECRETO!!

Luego arrugó la nariz hacia mí como si oliera algo muy PESTILENTE.

"Nikki, ¿quieres una pastilla para el aliento? ¡Es que de tanta PORQUERÍA que has expulsado por la boca ahora te APESTA!".

"No, MacKenzie, ¡creo que TÚ necesitas mucho más que yo la pastilla para refrescar el aliento! ¡Has contado tantas TONTERÍAS y MENTIRAS que TU aliento apesta más que las sobras del guiso de coliflor de mi mamá pudriéndose en el bote de basura en pleno mes de julio!", le respondí.

Entonces MacKenzie pegó su cara a la mía como una máscara de ortodoncia.

"Nikki, ¡eres una IMPOSTORA patética!! Ni siquiera deberías ir al Instituto WCD. Menos mal que yo ya no voy ahí".

"¿Ah, sí? ¡Pues menos mal que TE FUISTE! Además, MacKenzie, ¡¡para FALSA tú, que a tu lado Barbie parece REAL!! ¡Lo que no entiendo es cómo puedes llegar a ser tan malvada y cruel con los demás! ¿Es porque te sientes insegura? Lo siento, pero nadie es perfecto. Ni siquiera tú, MacKenzie. De manera que ya puedes dejar de hacerlo ver".

Durante una milésima de segundo parecía un poco afectada. Supongo que le toqué alguna fibra.

O tal vez se preguntó por qué yo sabía que a ella le obsesionaba ser perfecta.

"A no ser que te llames Google, deberías dejar de actuar como si lo SUPIERAS TODO, Nikki. ¡Te lo ADVIERTO! Si vas chismorreando sobre mis asuntos personales, acabarás lamentándolo. He leído tu diario y conozco TODOS tus secretos. ¡Así es mejor que NO me provoques o tú y tus patéticas amiguitas saldrán expulsadas de la escuela en menos de lo que canta un gallo!".

"¡Esto es entre tú y yo, MacKenzie! ¡A mis amigas no las metas! ¡Implicar en esto a personas inocentes NO es justo!".

"¿No es JUSTO? ¡¿De verdad?! Pues ya imaginarás lo que voy a decirte, ¿no? ¡¿Y A MÍ QUÉ?!".

La miré enfurecida y ella me sostuvo la mirada con sus ojos azul glacial. Hasta que de pronto unos estudiantes entraron al local y nos interrumpieron.

¡¡No lo creerás!! ¡Iban vestidos con un uniforme EXACTO al de MacKenzie!

Al verlos entrar, MacKenzie se quedó boquiabierta como si hubiera visto un fantasma... ¡como mínimo!

Lógicamente, eso me resultó MUY sospechoso.

MacKenzie ha dicho TANTAS mentiras sobre TANTAS cosas durante TANTO tiempo que empezaba a preguntarme si de verdad iba a North Hampton Hills.

¡Y ahora FINALMENTE iba a averiguar la VERDAD!

¡¡☺!!

MIÉRCOLES, 17:10 H,
DULCES CUPCAKES

¡MADRE MÍA! ¡MacKenzie estaba ESQUIZOFRÉNICA!

Dos minutos antes era Doña Contoneos en plan engreído, soltando tonterías y encarándose conmigo como si fuera un PELO DE LA NARIZ.

Y ahora, sin embargo, era un manojo de nervios y se la veía más incómoda que un gusano pegado al asfalto viendo venir un camión.

Y yo DISFRUTABA cada minuto de la escena.

Quitándose frenéticamente el glaseado del pelo, nos dijo: "En fin, me voy. Tengo un montón de tarea. Nos vemos".

Pero no le dio tiempo de escapar, porque sus compañeros la vieron y se acercaron a hablar.

Puso una sonrisa falsa en su cara...

MacKenzie nos miró nerviosa. "Pues la verdad es que ya se iban. Los dos tienen un montón de tarea. Mejor otro día, ¿sí?".

Pero no le hicieron caso y se acercaron corriendo a presentarse.

"¡Hola, hola! ¡TÚ debes de ser Nikki! Me llamo Presli. ¡OH, CIELOS! MacKenzie nos lo ha contado todo sobre esa banda tan chula que tienen, y su contrato para grabar un disco. Fue un gesto MUY amable de tu parte sustituirla como voz principal mientras le extraían las amígdalas. El caso es que nos interesa que actúe en nuestra fiesta de graduación, y MacKenzie nos dijo que lo pensará y que nos dirá algo".

"¡Hola, me llamo Sol! ¡TÚ debes de ser Brandon! ¡MacKenzie y tú hacen una pareja LINDÍSIMA! No me extraña que los dos fueran coronados príncipe y princesa de San Valentín el día del baile. MacKenzie dice que seguramente vendrás a North Hampton Hills el año que viene. ¡Ya verás, te va a FASCINAR!".

"¡Hola!, ¿qué tal, Nikki? Me llamo Evan y soy el editor del periódico de North Hampton Hills. MacKenzie nos ha contado cómo le ayudaste con su sección de consejos SUPERpopular, Señorita Sabelotodo. Quiero convencerla para que haga algo igual con nosotros".

"Imagino que los dos extrañan mucho a MacKenzie", dijo Presli. "¡Qué LINDO el gesto que tuvieron de decorar su antiguo casillero! ¡Nos enseñó una foto y es PRECIOSO!".

"¡SÍ! ¡¿A ver cuántos alumnos se harían voluntarios en Fuzzy Friends, organizarían una colecta de libros para la biblioteca escolar, patinarían sobre hielo para recaudar fondos por una causa benéfica y ADEMÁS crearían una línea de moda para animales abandonados?!".

Ahí no me pude contener y grité: "¡Vaya! ¡Qué MARAVILLOSA es MacKenzie! ¡Seguro que si se tira un pedo es de DIAMANTINA!". Pero solo lo dije en el interior de mi cabeza y nadie más lo escuchó.

Estaba TAN impactada con todo lo que decían que casi me caigo de la silla.

Era como si MacKenzie me hubiera ROBADO la identidad, como mínimo.

Por un momento pensé en serio en llamar a la policía y hacer que la metieran en la cárcel.

¡MADRE MÍA!

Brandon y yo estábamos callados ¡¡pero echando HUMO!!

¡¡Estábamos TAN enojados que teníamos la cabeza a punto de ESTALLAR!!

Pero lo peor era que MacKenzie seguía allí de pie con su sonrisa estúpida estampada en la cara, asintiendo a todo lo que decían... ¡como si fuera VERDAD!

¡¡Hay que tener DESCARO!!

Ahora ya entendía por qué quería salir corriendo y escaparse antes de que la vieran.

Las cosas se podían complicar mucho y muy deprisa con DOS Nikki Maxwell en el mismo espacio.

Me daban ganas de gritar: "¡Que se LEVANTE la VERDADERA Nikki Maxwell!".

¡¡¿CUÁL DE ESTAS NIKKIS SOY YO?!!

Brandon, que estaba hastiado, miró hacia la puerta y se aclaró la garganta.

"Nikki, se hace tarde, ¿nos vamos? Me ha encantado conocerlos, chicos".

"A mí también. Con suerte, nos veremos pronto", dije en plan simpático con una gran sonrisa estampada en la cara, "¡SI MacKenzie decide dejar que SU banda toque en su fiesta de graduación!".

Dirigí a MacKenzie la misma mirada que se dirige a un trozo de goma de mascar pegado al zapato.

Y vi que le entraba el pánico.

"¡Ey, esperen un momento! No se vayan aún, que tengo que, mmm... explicar un par de cosas".

"No hace falta, MacKenzie, ¡ya he oído bastante! Veo que North Hampton Hills es una escuela magnífica. De verdad que, mmm... me alegro por ti", dije.

MacKenzie parpadeó sorprendida. "¿Sí? ¿De verdad? ¡Pues gracias! Bueno, mmm... déjenme al menos que les compre otro cupcake, ya que no han podido terminar de comer el otro".

"Gracias, MacKenzie, pero, de verdad, no te preocupes", contesté.

"¿Seguro? Me han dicho que los de chocolate doble son deliciosos. Pero mi favorito es el de terciopelo rojo con cobertura de crema de queso. ¡O si quieren les compro los DOS!", decía MacKenzie.

Negamos con la cabeza.

Ya habíamos tenido nuestra dosis máxima de PAYASADAS de MacKenzie.

Para terminar su numerito solo le faltaba poner música de CIRCO.

Nos dirigimos hacia la puerta a toda prisa mientras MacKenzie seguía recitando la carta de cupcakes.

Pero de pronto se puso a gritar: "¡Súper! Me la pasé genial con ustedes. ¡Yo también los extraño! ¡Los quiero!".

Ajá, eso sí que fue PECULIAR. ¿En qué realidad paralela está viviendo MacKenzie?

¿O es que sufre alguna enfermedad rara como, no sé, por ejemplo... DEMENCIA temprana de secundaria?

Ya en la puerta de Dulces Cupcakes, nos encontramos con Chloe y Zoey, que venían a buscarnos.

"¡Chloe y Zoey! ¡JAMÁS, ni en un millón de años, adivinarían a quién hemos visto dentro!", les dije.

En ese momento oí unos extraños golpecitos.

Los cuatro nos quedamos mudos al ver lo que notamos en el cristal de Dulces Cupcakes.

Hasta que Chloe y Zoey lograron decir...

"¡¿NO SERÍA A... MACKENZIE?!!".

MacKenzie tenía la cara pegada al cristal y nos despedía con emoción como si estuviéramos en un barco a punto de zarpar o algo por el estilo.

Todos le respondimos el saludo, qué remedio.

Mis BFF la contemplaban aleladas.

"¿Se siente mal?", preguntó Chloe.

"¿POR QUÉ está tan... extraña? ¿Y... tan amable?", añadió pasmada Zoey.

"Chicas, ustedes sigan sonriéndole mientras vamos retrocediendo discretamente. Ya les llamaré esta noche y les contaré todo", contesté.

Brandon y yo nos despedimos de Chloe y Zoey y nos dirigimos a Fuzzy Friends.

Pensábamos estar ahí una media hora hasta que pasara mi mamá a buscarme.

Hacía semanas que no iba a Fuzzy Friends, aunque a mí me parecían incluso meses.

Ya en la calle, Brandon miró de reojo hacia atrás, hacia Dulces Cupcakes.

"¿Sabes una cosa? ¡Que MacKenzie me recuerda mucho al malestar estomacal! ¡Cuando crees que ya lo superaste, vuelve aún con más fuerza!".

"¡Dímelo a mí!", suspiré.

Era bastante evidente que MacKenzie tramaba algo. Me estremecía la idea de que pudiéramos ser peones de alguno de sus planes maquiavélicos.

Y me preguntaba si la enfermedad que había mencionado Brandon podía CONTAGIARSE.

Porque yo tenía la horrible sensación de que también estaba a punto de contraer un caso GRAVE ¡de MALESTAR MACKENZIAL!

¡¡☹!!

En el camino, Brandon y yo llegamos a la conclusión de que MacKenzie siempre estaba haciendo NUMERITOS para dañar nuestra amistad. Incluyendo, por cierto, el horrible rumor de que él me había besado por una apuesta para ganar una pizza. La verdad es que me MORÍA de ganas de preguntárselo.

"Entonces, mmm, ¿es verdad que ganaste una... PIZZA?".

"Ah, lo de la pizza...". Puso cara de resignación. "El señor Zimmerman dijo que una marca de cámaras fotográficas había regalado vales de una pizzería al equipo de fotógrafos del periódico. No tuvo nada que ver con... con lo que tú ya sabes". Se ruborizó. "Espero que no creyeras aquel rumor tan estúpido".

"¡Claro que no! No soy TAN tonta. ¡Ya sabía que MacKenzie no decía la verdad! No me creí el rumor ni por un segundo", mentí.

Al llegar a Fuzzy Friends, noté algo extraño...

BRANDON Y YO ¡ENCONTRÁNDONOS A UN
PERRO ABANDONADO!

Era un golden retriever hembra, lindísima, adorable y muy bien cuidada.

La perra ladeó la cabeza y nos miró con curiosidad. Cuando nos acercábamos se levantó moviendo la cola y con actitud muy amistosa.

"¡Pobre animal!", dije. "¿Quién la habrá abandonado? ¿Y por qué?".

"Pues no sé, pero no se parece a ninguno de nuestros perros".

Brandon se agachó para darle unas palmaditas en la cabeza y buscar alguna identificación en el collar.

La perra le lamió la mano y ladró para saludar.

Entonces nos dimos cuenta de que llevaba una nota en el collar.

La desdoblé y la leí en voz alta...

Queridos amigos de Fuzzy Friends:

Desgraciadamente he tenido que irme a vivir a una residencia para la tercera edad en la que no admiten mascotas.

Adoro a Holly y les ruego que la cuiden mucho a ella y a los suyos. Tengo la seguridad de que le encontrarán un magnífico hogar.

¡Gracias por su bondad!

"¿Los suyos? ¿Qué querrá decir?", pregunté confundida.

"Mmm. En esa caja dice 'Para Holly'. A lo mejor pusieron ahí sus juguetes y sus cosas. Veamos", contestó Brandon.

Los dos miramos con curiosidad el interior de la caja...

¡¡Y NOS QUEDAMOS
PASMADOS Y ASOMBRADOS!!

¡Había un montón de CACHORRITOS lindísimos! Nos costó mucho contarlos, no dejaban de brincar, revolcarse y correr por la caja.

¡En total había SIETE! Y eran
¡¡COMPLETAMENTE ADORABLES!!...

"Aún falta un rato para que venga mi mamá. ¿Quieres que te ayude a llevarlos y apuntarlos en el registro?", le pregunté a Brandon.

"Sí, gracias. Aunque lo cierto es que casi preferiría saltarme el mmm... papeleo".

"Pero entonces ¿CÓMO sabrá la gente que Holly y sus cachorros están disponibles para la adopción?".

"De eso se trata precisamente. En este momento no quiero que NADIE sepa que Fuzzy Friends tiene otros ocho animales sin hogar, ¿de acuerdo?".

"Pero ¡¿POR QUÉ?! ¡No lo entiendo!".

Brandon cerró los ojos con un suspiro. "Es un asunto serio, Nikki. ¿Estás SEGURA de que quieres saberlo? Mira, si te lo digo, luego podría tener que ¡MATARTE!", bromeó con gesto serio.

"¡Madre mía, Brandon, cuéntame qué pasa!".

"Bueno. Pues resulta que, según nuestro coordinador, Fuzzy Friends lleva toda la semana funcionando a máxima capacidad. Y, lo que es peor, ¡ya no tenemos sitio hasta el domingo por la mañana! De hecho, ya ha rechazado animales", explicó Brandon con el semblante cada vez más serio.

"Bueno, pues vamos por más jaulas y les haremos lugar. Por ejemplo, en el almacén".

"Nikki, no es tan fácil. La normativa municipal nos obliga a tener solo un número limitado de animales en función del tamaño del refugio".

"¡Vaya, no lo sabía!".

"Me da muchísima RABIA cuando pasa esto, porque tenemos que rechazar animales y no todos los centros de la ciudad siguen la misma política que nosotros de no sacrificarlos. Entiendes lo que significa, ¿verdad?". Se quedó callado moviendo triste la cabeza.

Yo me demoré unos segundos en entenderlo. ¡Y se me cayó el alma a los pies!

"¡OH, NO!", me lamenté. "Si Fuzzy Friends no tiene sitio, significa que Holly y sus cachorros no se pueden quedar aquí. Pero ¿qué pasaría si terminan en...?".

La sola idea me HORRORIZABA. Ni siquiera me salían las palabras.

"¿... alguno de esos OTROS sitios?", balbuceé. "Brandon, ¡¡no PODEMOS permitirlo!! ¡¿Qué hacemos?!".

"Pues supongo que nos los podemos quedar sin que lo sepa nadie. Ni siquiera nuestro coordinador. Es una infracción que podría obligarnos a cerrar el refugio, entiendo que esté preocupado. Pero tampoco puedo permitir que Holly y sus cachorros corran ese riesgo. JAMÁS me lo perdonaría si...". Se le quebró la voz mientras abrazaba a Holly y hundía la cara en su pelaje.

La perra miró a Brandon con pena y gimió.

Le lamió la cara como si fuera un caramelo, hasta que Brandon no pudo evitar una gran sonrisa...

¡¡BRANDON, EL CARAMELO HUMANO!! ¡¡☺!!

Era como si Holly supiera la grave situación en la que
se encontraban ella y sus cachorros y no quisiera
que Brandon se inquietara.

A Brandon le empezaron a brillar los ojos. Pestañeó y se secó rápidamente las lágrimas.

"Brandon, ¿estás bien?".

"Sí, sí, me parece que me entró algo en el ojo. Estoy... bien", masculló.

¡Estaba claro que MENTÍA! El pobre se veía como si le hubieran arrancado el corazón directamente del pecho. Sentí un nudo en la garganta y también me entraron ganas de llorar.

Sentía mucha lástima por mi amigo y por los ocho perros abandonados de los que ya se había enamorado. ¡Pero de pronto sentí una ráfaga de energía! ¡NO pensaba rendirme sin LUCHAR! "Mira, Brandon, ¡cuenta conmigo para lo que haga falta! ¡Tú solo dime qué tengo que hacer!".

Brandon ladeó la cabeza y me miró incrédulo. "Nikki, ¿¡lo dices en SERIO?!".

"¡Tan en SERIO como que me llamo Nikki!".

Sonrió de oreja a oreja. "¡Tienes razón! ¡Supongo que SIEMPRE puedo contar contigo, Nikki!".

Chocamos los cinco para confirmar nuestro juramento de mantener a salvo a Holly y sus cachorros hasta que les encontráramos buenos hogares.

"Espero que sepas guardar un secreto", dijo Brandon con su sonrisa ladeada.

Sin embargo, de repente vimos que la misión que teníamos por delante se iba a complicar mucho más de lo que JAMÁS habríamos imaginado...

"¡OH, CIELOS! ¿HAS DICHO 'SECRETO'?", exclamó una voz chillona detrás de nosotros.

Casi nos caemos de espaldas del susto que nos dio. NO podía creer que alguien hubiera estado escuchando nuestra conversación tan personal y privada. Nos dimos la vuelta ENCOGIDOS. ¡¡Yo rezaba para que NO fuera quien más me TEMÍA!!

Pero, por desgracia, ¡¡ERA ella!!

¡MACKENZIE! ¡¿DE NUEVO?! ¡¡☹!!

¡Era el segundo ATAQUE DE MACKENZIE VIVIENTE del día!

¡De repente tuve la desagradable sensación de que nos estaba ACOSANDO o algo por el estilo!

"¡¡Vamos, chicos, cuéntenme el GRAN SECRETO!! Confíen en mí, prometo que no se lo diré a nadie. Espero que no estén metidos en ningún LÍO, ¿verdad?", preguntó con recelo.

Brandon y yo nos miramos preocupados y luego volteamos con nerviosismo hacia MacKenzie.

Era evidente que los dos pensábamos EXACTAMENTE lo mismo...

¡¡AY, NO!!
¡¡¡☹!!!

"MacKenzie, ¡¿QUÉ haces TÚ aquí?!", exclamé por SEGUNDA vez en un mismo día.

"¡Nikki, no es culpa MÍA que esos IDIOTAS de mi escuela lo hayan entendido todo al revés! Pero el accidente SÍ que ha sido culpa mía, y por eso quise venir en persona a darles esto", dijo abriendo su bolsa de marca y sacando una cajita de cupcake. ¡No podía creer lo que veía! ¿De verdad que MacKenzie iba a hacer algo AGRADABLE por una vez en la vida?

"¿Estás diciendo que SOLO has venido aquí para ofrecernos un cupcake?", preguntó escéptico Brandon.

"¡Vamos, no seas ridículo! ¿No creerás que he venido a ESPIARLOS? ¡POR-FA-VOR! Tengo cosas mucho más IMPORTANTES que hacer, como quitar el polvo a mi FABULOSA colección de zapatos".

"Ok, a ver si lo entiendo. ¿NOS trajiste otro cupcake?", pregunté alzando una ceja.

MacKenzie negó con la cabeza y se rio sarcásticamente...

BUENO, NO EXACTAMENTE. EN LUGAR DE COMPRARLES OTRO CUPCAKE LIMPIÉ LA PELUSA Y SAQUÉ UNOS CUANTOS PELOS LARGOS, Y SU VIEJO CUPCAKE QUEDÓ COMO NUEVO. ¡¡ÑAM, ÑAM!!

"¡MADRE MÍA, MacKenzie, ¡¡NO tenías por qué HACERLO!!", masculle.

No sabía qué daba más ASCO, si aquel cupcake nauseabundo o las ganas de vomitar que yo acababa de contener.

"¡No hay de qué!", dijo MacKenzie sonriendo.

"No, en serio, ¡NO DEBERÍAS haberlo hecho! ¡Qué ASCO, por favor! ¿QUÉ es esa cosa verde pegajosa?", pregunté.

"¡Ni idea!", contestó MacKenzie encogiéndose de hombros. "La mesera había limpiado su mesa y había tirado el cupcake a la basura, ¡pero yo lo recuperé para poder devolvérselo a los dos TORTOLITOS!".

¡PUAJ! Tuve que aguantarme las ganas de vomitar.

Brandon y yo pusimos cara de resignación. Estaba claro que MacKenzie tenía alguna carta escondida bajo la manga y nos estaba mareando.

"¿Qué ocurre? No los veo muy felices", se burló.

"¿Cómo vamos a estar felices?", le dije. "¡Si prácticamente nos estás ACOSANDO!".

"¡Mira la que todo lo sabe! ¿No será que decidí tomar una ruta alternativa para ir a casa?".

"¡MacKenzie, nos estabas VIGILANDO!", insistí entrecerrando los ojos. "¡Admítelo!".

"¡Calla, Nikki! ¡Tengo una explicación perfecta! Estaba, mmm...". Dudó.

MacKenzie se quedó ahí plantada pensando y haciendo muecas, toda ella tan ridícula que parecía que sufría un grave episodio de diarrea.

"¿Ya? ¡Estamos ESPERANDO!", dije impaciente.

"En realidad... estaba, mmm... ¡BUENO!", dijo poniendo los brazos en su cintura. "¡¿Y qué si los estaba ESPIANDO?! ¡Ni que ustedes fueran tan PERFECTOS! De hecho son unos ¡ILEGALES, unos INFRACTORES de las normas de los refugios de animales! ¡Estos perros sarnosos, mmm, quiero decir... estos POBRECITOS perros corren un gran... PELIGRO! ¡Menos mal que llegué a tiempo para... RESCATARLOS!".

Brandon y yo nos quedamos sin palabras...

"¿Lo escuchaste?", dije controlando mi pánico.

"¡Sí, todos y cada uno de los DETALLES! Espero que su secretito no llegue a oídos del equipo de investigación del Canal 6", dijo MacKenzie. "¡Porque Fuzzy Friends perdería la licencia y tendría que cerrar! Y todos esos PERROS pulgosos terminarían en la calle. Y probablemente ¡los ATROPELLARÍAN! ¡O algo peor! ¡Y todo porque USTEDES se quisieron saltar el reglamento!".

Brandon se quedó como si MacKenzie le acabara de dar una cachetada, mirando el piso.

Las duras palabras y acusaciones de MacKenzie le habían consumido la energía (y las buenas intenciones).

"Brandon, ¡de TI no me lo esperaba! ¡Creía que eras honesto!", lo regañó MacKenzie mientras él agachaba la cabeza avergonzado.

"Pero ¿a ti QUÉ te pasa, MacKenzie?", grité enojada. "Ya te han llevado a la escuela con la que soñabas y tienes todo lo que querías.

¿Por qué QUIERES DESTRUIR todo lo que se mueve?".

"¡Pues no lo sé!", dijo con suficiencia mientras buscaba el celular. "Será la fuerza de la costumbre".

Desesperada, intenté razonar con ella.

"MacKenzie, ¿no ves que está en peligro la vida de estos inocentes animales? ¡No todos los refugios de la ciudad son seguros!", dije conteniendo las lágrimas.

Creo que Holly sintió mi enfado, porque de pronto mostró los dientes, gruñó y empujó a MacKenzie.

Brandon la agarró por el collar justo a tiempo. "¡Quieta, quieta! ¡Cálmate, no pasa nada!".

Asustada, MacKenzie retrocedió para distanciarse de Holly. "¡Esa perra intentó ATACARME! ¡Manténganla alejada de mí o llamaré al servicio veterinario municipal! Esa bestia salvaje es... ¡PELIGROSA!".

¡MADRE MÍA! ¡Estaba TAN enojada que hubiera mandado a MacKenzie a la luna de un puñetazo!

"¡Lo dices como si fuera MALO!", dijo burlándose mientras marcaba un número en el celular.

Y luego hizo lo que pensé que no se atrevería a hacer.

Y eso que parecía que no podía caer más BAJO.

"¿Hola? ¿Es la línea directa del Canal 6? He descubierto información muy delicada sobre un refugio de animales. ¡Creo que los MALTRATAN! Sí, espero".

A Brandon se le veía agobiado y totalmente derrotado.

Se sentó en la acera, con mirada de zombi y acariciando a Holly en silencio.

Por culpa de MacKenzie, Brandon estaba a punto de perder DOS cosas en las que había puesto el CORAZÓN...

Fuzzy Friends y Holly y sus cachorros.

Su generoso SUEÑO de ayudar a los animales y darles refugio se estaba convirtiendo muy deprisa en su

PEOR
PESADILLA.

¡¡Y no podíamos evitarlo!!

¡¡☹!!

¡Pero diciendo que lo que pasó era una pesadilla me quedo CORTA! ¡¡☹!!

MacKenzie estaba esperando al teléfono para reportar a Fuzzy Friends y hacer que lo cerraran.

Tenía que hacer ALGO, pero ¡¿QUÉ?!

Finalmente se me han ocurrido cuatro ideas. Lamentablemente, todas tenían algún INCONVENIENTE...

1. EL CELULAR APESTOSO: Podría arrancarle a MacKenzie el celular y tirarlo a la alcantarillla que había junto a la acera. Así no tendría teléfono para denunciarnos.

Pero yo podría acabar en la CÁRCEL por destrucción de propiedad. Y, aún peor, para COMPRARLE otro celular exclusivo como el suyo, ¡tendría que darle mi paga semanal durante trece años, nueve meses y dos semanas! ¡☹!

2. LA CAZA DE LA DIVA: Estaba claro que a Holly no le caía bien MacKenzie. Podría interrumpirle la llamada y hacer que Holly se ejercitara un poco corriendo tras una MacKenzie histérica hasta la puerta de su casa.

¡Pero seguro que eso sería MALTRATO ANIMAL! ¡Y también un poquito de maltrato a Holly!

3. EL ATAQUE DEL CUPCAKE VENGADOR: Podría hacerle tragar a MacKenzie el repugnante cupcake. Así no PODRÍA hablar sobre Fuzzy Friends (y, de paso, sobre nada más).

¡Pero la idea me daba un poco de ASCO! Y tal vez acabábamos en urgencias para la extirpación quirúrgica del cupcake y de mi brazo de la garganta de MacKenzie.

4. LA ESCAPATORIA PAYASA: Podría convencer a Brandon de que se escapara conmigo y los perros y nos uniéramos al circo. Nos pasaríamos el resto de la vida actuando de payasos con unos trajes LINDÍSIMOS...

73

¡¡BRANDON, LOS PERROS Y YO
ESCAPÁNDONOS Y UNIÉNDONOS AL CIRCO!!

74

Pero extrañaríamos a la familia y los amigos. ¡Además creo que en verano APESTAN!

Los CIRCOS, claro, no la familia y los amigos.

Luego de pensarlo, he llegado a la conclusión de que el Ataque del Cupcake Vengador era posiblemente la MEJOR idea de todas.

¡¡BUENO, CASI!! ¡¡☹!!

¡La situación era DESESPERADA!

¡Mi mamá estaba a punto de llegar y yo tendría que despedirme de Holly y sus cachorros PARA SIEMPRE!

Suspiré con tristeza y conteniendo las lágrimas.

Empezaba a plantearme en serio el Ataque del Cupcake Vengador cuando tuve una idea BRILLANTE.

Era muy difícil, pero ¡representaba nuestra única esperanza!

"Bueno, Brandon, parece que por culpa de MacKenzie Fuzzy Friends tendrá que cerrar pronto", dije lo bastante alto para que ella lo oyera.

MacKenzie, que SEGUÍA a la espera, me lanzó una mirada engreída.

¡MADRE MÍA! Lo que hubiera dado por BORRARLE esa bobalicona sonrisa de superioridad. Pero me contuve.

"En fin, el caso es que todo este lío me abrió el apetito. Creo que voy a regresar a Dulces Cupcakes para probar algunos de esos tan increíbles que nos ha recomendado MacKenzie".

Lógicamente, Brandon me miró como si me hubiera vuelto loca.

"¡Nikki! ¡¿CÓMO puedes pensar en CUPCAKES en un momento así?!", exclamó.

"¿Qué quieres que te diga? ¡Tengo HAMBRE! En cualquier caso, aprovecharé para platicar un rato con los nuevos amigos de MacKenzie, los de North Hampton Hills. ¡Parecían MUY amables! Y tengo muchas ganas de oír aún más MENTIRAS de esas estupendas que MacKenzie les ha dicho. ¡¡Claro que ALGUIEN tendrá que abrirles los ojos y decirles la VERDAD!! ¿Vienes, Brandon? ¡Nos REIREMOS un rato!".

Finalmente Brandon lo comprendió y me sonrió.

"¡Claro, Nikki! Pero antes déjame guardar los perritos. Ahora que lo pienso, ¡MATARÍA por un cupcake Dulce Venganza del Diablo!".

MacKenzie bajó el celular y nos lanzó una MIRADA ENFURECIDA y diabólica.

"¡Ni se les ocurra ir a hablar MAL de mí a mis nuevos amigos! Es más, ¡¡¡IRÉ con ustedes!!".

"¡No puedes! ¡Tú tienes que QUEDARTE a salvar la vida de los POBRES perritos!", le dije con ironía.

"¡Como si a mí me importaran esos perros sarnosos!".

¡¡Llevo una ETERNIDAD a la espera!! ¡Me niego a perder más tiempo con esta estúpida llamada!

¡CLIC!

MacKenzie colgó enojada y guardó el celular en la bolsa de mala manera.

Luego nos dijo, entornando mucho los ojos: "¡Más les vale no acercarse a mis amigos o me aseguraré de que no vuelvan a ver nunca más estas bolas de pelo pulgosas!".

"¿De verdad? ¿Es una AMENAZA?", me burlé.

"¡NO! ¡¡Es una PROMESA!!", respondió.

Se dio la vuelta para dirigirse hacia Dulces Cupcakes y cruzó la calle contoneándose.

¡Qué RABIA me da que haga eso!

Viéndola marcharse, Brandon y yo suspiramos aliviados.

¡Menos mal que los perros estaban a salvo!

Al menos por el momento.

Brandon se apartó las greñas del flequillo y me miró durante, no sé, una ETERNIDAD.

"¡¡¿QUÉ?!!", le pregunté a la defensiva.

Una sonrisa le invadió lentamente la cara hasta que la ocupó de oreja a oreja.

"¿Cómo le hiciste para parar así a MacKenzie? Yo ya me había rendido. Verdaderamente te AGRADEZCO mucho lo que acabas de hacer".

Miré sus grandes ojos cafés y vi que lo decía con franqueza.

Me invadió una gran emoción y se me hizo un gran nudo en la garganta. Pero, más que nada, me sentía muy bien por haber podido ayudar a Brandon y haber estado con él cuando le había hecho realmente falta.

Me encogí de hombros nerviosa y me puse a balbucear como si hubiera perdido un tornillo. "¡Gracias, Brandon! ¡Pero el que salva vidas aquí eres TÚ! Y cuando les hayamos encontrado hogar a estos perritos ¡serás un HÉROE! Además eres buena persona, un buen amigo y... mmm, ¡seguro que hasta te tiras pedos de diamantina!".

¡SÍ! ¡¡De verdad le dije ESO a Brandon!!

No sé cómo salió de mi boca. ¡Qué VERGÜENZA!

¡Pero los dos nos reímos mucho con la tontería que acababa de decir!

"Anda, vamos a meter los perros en el refugio. Seguro que están hambrientos", dijo Brandon mientras alzaba la caja de los cachorros.

¡Y tenía razón! Holly devoró su comida y luego alimentó con paciencia a sus hambrientos cachorros.

Luego los cachorros se pusieron a jugar metiéndose en los platos de comida como si fueran albercas de pelotas...

¡BRANDON Y YO DANDO DE COMER
A HOLLY Y SUS CACHORROS!

Aunque prácticamente habíamos impedido una tragedia, AÚN teníamos que encontrar un plan.

¡Cómo saber cuándo rebrotaría el temido MALESTAR MACKENZIAL!

Para el que, desgraciadamente, ¡¡no hay VACUNA!!

Sabiendo lo intrigante y conspiradora que es la SERPIENTE de MacKenzie, dejar a los perros en Fuzzy Friends el resto de la semana era demasiado arriesgado.

Entonces se me ocurrió otra idea
MAGNÍFICA.

"¡Oye, Brandon! ¿Por qué no nos turnamos para
cuidar a los perros en nuestras CASAS hasta
el domingo, cuando ya habrá sitio para ellos en
Fuzzy Friends?".

"Pues no sé qué decirte, MacKenzie. Un perro
ya es una RESPONSABILIDAD muy grande,
¡imagínate lo AGOTADOR que sería cuidar a ocho!".

"Sí, pero solo es UNA perra y siete cachorros. Y,
estando su mamá que los alimenta y los cuida, no
hace falta hacer mucho más. ¡Vamos, Brandon!".

Luego de pensarlo un poco, finalmente Brandon
aceptó. "¡De acuerdo, Nikki! Yo me los llevo el
primer día porque ya los tenemos aquí. Pero habrá
que buscar más voluntarios".

Yo sabía que MI mamá ME dejaría quedarme los
perros por un día. ¡Porque no hace ni quince días
dejó a la mimada de mi hermana Brianna traer a

84

casa al pez Rover (la mascota de la clase) durante TODO un fin de semana!

"¡Estoy segura de que yo también me los puedo quedar un día!", dije emocionada. "¡Ahora solo nos faltan DOS personas más!".

"¡Súper!", exclamó Brandon sonriendo. "¿Por qué no hablas con Chloe y con Zoey y yo hablo con los chicos? ¡Creo que el plan puede funcionar!".

Total, ¡estoy SUPERemocionada porque siempre quise un perro! Si tuviera uno, lo querría y lo abrazaría ¡¡y JAMÁS me separaría de él!! ¡¡YAJUUUUU!! ¡¡☺!!

¡¡¡Y AHORA tenía la oportunidad de cuidar de Holly y sus siete adorables cachorritos chiquititos, cuchicuchis y lindísimos durante veinticuatro horas SEGUIDAS!!!

No sería tan complicado, ¿verdad?

MIÉRCOLES, 20:10 H,
MI HABITACIÓN

Bueno, pues tengo ¡una NOTICIA BUENA y una NOTICIA MALA! Empecemos por la BUENA.

Cuando le conté a Chloe y a Zoey que Brandon y yo habíamos encontrado a Holly y los cachorros abandonados en la puerta de Fuzzy Friends, se ofrecieron a ayudar emocionadísimas.

El plan es el siguiente: Brandon cuidará los perros esta noche; yo, mañana por la noche; Chloe, el viernes por la noche, y Zoey se los quedará el sábado por la noche.

Y el domingo por la mañana devolveremos los perros a Fuzzy Friends para que les puedan buscar un hogar.

Como resulta que sus papás son los propietarios de la cadena de pizzerías Queasy Cheesy, Theodore Swagmire nos ofreció una camioneta de reparto con conductor y todo para llevar a los perritos adonde sea necesario.

Bueno, ¡ahora la NOTICIA MALA! ¡¡☹!!

Todo iba según lo planeado hasta que me surgió una COMPLICACIÓN totalmente imprevista, ¡una complicación GORDA y ENORME! ¡☹!

Hoy luego de cenar, mientras ayudaba a mi mamá a poner el lavavajillas, vi la ocasión para hablarle como si nada del temita perruno.

Le dije que, por una emergencia familiar, un buen amigo mío necesitaba que alguien le cuidara la perra, Holly (esto era más o menos verdad).

Y le ~~pedí~~ ROGUÉ que POR FAVOR me dejara cuidarla la noche del jueves.

Lógicamente, me salté la parte de los siete cachorros revoltosos que acompañan a la mamá. ¡No quería que la mía se SOBRESALTARA con ese detalle tan nimio!

Sin embargo, la que se SORPRENDIÓ al cabo de un minuto fui YO...

MI MAMÁ Y YO EN PLENA CONVERSACIÓN.

¡¡Su TERRIBLE excusa de que era "un mal momento" no tenía ninguna LÓGICA!!

Si la perra tiene algún pequeño accidente en la alfombra... ¿Qué más da si es mañana o dentro de UNOS MESES?!

¡En los dos casos se limpia y ya está! ¡CÓMO QUE NO!

Disculpa, mamá, pero a Brianna le dejaste traer una mascota a dormir, ¡¡¿POR QUÉ a mí no?!!

¡NO es justo!

Sobre todo porque yo soy MAYOR, más MADURA y diez veces más RESPONSABLE que Brianna.

Además, ella mató accidentalmente al pobre pez Rover cuando le dio un baño de burbujas, ¿recuerdas?

¡¡¿A QUIÉN se le ocurre?!!

Mamá, si TÚ fueras un ANIMAL, ¿¿cuál de estas dos personas querrías que CUIDARA de TI?!

SELECCIONE LA CUIDADORA DE MASCOTAS PERFECTA:

☐ BRIANNA, CUIDANDO DEL PEZ ROVER

☐ YO, CUIDANDO DE LA PERRA HOLLY

¡¡Lo suponía!! ¡¡Pues AHÍ LO DEJO!!

Mamá, no QUIERO cuidar de Holly "tal vez dentro de unos meses".

¡¡Quiero cuidar de ella AHORA!!

¡¿Quién sabe si para entonces no me habré MUERTO?!

Y ya te imagino en mi funeral llorando a MOCO TENDIDO y gritando histérica que NUNCA JAMÁS te perdonarás por NO haberme permitido traer una mascota a dormir, sobre todo después de haberle permitido a Brianna, que es mucho más pequeña que yo.

O sea que gracias, mamá, por DESTROZAR mi vida, poniendo en peligro a ocho perros inocentes y haciendo caer por los SUELOS mi AUTOESTIMA, que seguro tardaré AÑOS de terapia intensiva en recuperar.

¡Porque es obvio que QUIERES a Brianna mucho más que a mí! ¡¡☹!!

Tengo que enviar a Brandon un mensaje con la mala noticia de que mi mamá no me deja traer a los perros.

Se va a sentir muy decepcionado. Me da mucha lástima dejarlo plantado así.

Aunque ahora mismo estoy demasiado enojada para nada más.

Mi único plan es pasar el resto de la noche sentada en la cama, MIRANDO la pared y DÁNDOME LÁSTIMA.

¡¡¡☹!!!

¡¡AAAAAAAAAAAAAAAH!!

(¡¡Esa era yo jalándome los PELOS!!)

Tengo un proyecto importante de biología para mañana, que vale un treinta por ciento de la calificación. La semana pasada se pusieron las cosas tan LOKAAAS que ¡lo había olvidado COMPLETAMENTE!

Lo ÚLTIMO que quería hacer era dejarlo para el final y hacerlo todo deprisa y corriendo la noche antes, como hice con el informe de lectura de *Moby Dick* en diciembre.

Grabé un video muy tonto con Brianna haciendo de ballena y gritando "¡¡GRRRR!!". ¡Por eso me emocioné al ver el sobresaliente que me pusieron! ¡☺!

He decidido dejar de darme LÁSTIMA para comenzar el proyecto de bío. El problema es que no tenía la menor idea de qué hacer.

En ese momento mi mamá gritó: "¡Nikki! ¡No olvides sacar la ropa de la secadora, doblarla y guardarla ANTES de irte a la cama!"...

YO SACANDO LA ROPA DE LA SECADORA.

Entre ella había cuatro pares de ropa térmica que mi papá se pone para trabajar los días que hace frío.

De hecho se parecen mucho a los mamelucos que usan los bebés para dormir.

Cuando estaba doblando el último ¡se me ocurrió de pronto una idea muy brillante!

Como tiene cuatro pares, pensé que a mi papá no le importaría si le tomaba prestado uno para mi proyecto de bío.

Después de todo, siempre anda con el mismo sermón de lo importante que es para mí sacar buenas calificaciones para poder obtener una beca en alguna de las grandes universidades. Y técnicamente, su ropa térmica iba a ayudarme a sacar buena calificación, ¿¿O NO??

¡Total, que la confisqué, preparé pintura y marcadores, abrí el libro de biología y me senté a trabajar en la mesa de la cocina!

YO, CONCENTRADA TRABAJANDO EN ~~LA ROPA TÉRMICA~~ ¡EL PROYECTO DE BÍO!

Finalmente lo terminé poco antes de medianoche, y creo que quedó bastante bien.

Sobre todo, teniendo en cuenta QUE se basó
en una idea extravagante que tuve mientras doblaba
la ropa. Con aprobar estaré más que contenta.

En fin, ahora que ya tengo mi proyecto de bío hecho,
puedo darme LÁSTIMA de nuevo. ¡¡☺!!

¡No puedo creer que la mujer que me dio a luz haya
dejado a Brianna traer una mascota a casa a dormir
pero NO me deje a MÍ hacer LO MISMO! ¡☹!

¡¡Qué INJUSTA es la vida!!

Será mejor que le dé la mala noticia a Brandon
mañana.

Espero que encuentre a alguien para sustituirme.

¡¡☹!!

Temía el momento en el que tendría que a decirle a Brandon que no podía cuidar a los perros.

Y el hecho de que me estuviera esperando tan contento en mi casillero no ayudó nada. ¡Encima no paraba de hablar de lo bien que estaban los perros!

Cuando por fin reuní el valor suficiente para darle la mala noticia, lo interrumpí diciendo: "Mmm, Brandon, te quería decir algo".

Pero contestó: "¿Ah, sí? ¡Es que yo también TE quería decir algo!".

¡¡Y se puso a proclamar lo agradecido y afortunado que se sentía de tenerme como amiga!!

Lo que hacía todavía MÁS COMPLICADO darle la noticia.

Luego dijo: "Quedamos en que te dejaré los perros en casa después de las clases, ¿ok?".

Y, sin darme tiempo a contestarle "La verdad, Brandon, es que ¡¡NO puedes dejar los perros en mi casa!! Llevo diez minutos intentando decírtelo", va y me dice: "¡Hasta luego, Nikki! ¡Nos vemos en bío!" y desapareció por el pasillo repleto de gente.

¡Todo ha sido TAN FRUSTRANTE! ¡¡¡☹!!!

Ahora tendría que intentar DE NUEVO explicárselo todo cuando lo viera en bío.

Pero justo antes de la clase de bío fui al baño de las chicas para ensayar delante del espejo cómo le iba a dar la mala noticia.

El problema es que ensayé demasiado tiempo y acabé llegando cuatro minutos tarde a bío, es decir, ¡VOLVÍ a perder la oportunidad de decírselo!

SABÍA que la maestra se enfadaría un MONTÓN conmigo por entregar mi proyecto tarde, y tal vez hasta me quitaría puntos.

¡Pero entonces pasó algo extrañísimo!

¡A mi maestra le ENCANTÓ mi proyecto!

Dijo que, además de creativo, era muy realista.

De hecho, le gustó tanto que pidió algún voluntario para que se lo PUSIERA mientras ella daba la lección de hoy sobre el cuerpo humano.

Y se puso a esperar pacientemente a que alguien levantara la mano.

Yo ya sabía que estaba perdiendo el tiempo.

¡Y me dirás quién puede ser tan TONTO como para ponerse la ropa térmica de mi papá pintado con la ANATOMÍA HUMANA delante de una clase entera de secundaria!

De acuerdo, es verdad.

Lo diré de otra forma...

¡¿QUIÉN, aparte de MÍ, puede ser tan TONTO?!

¡¡CHICOS, MIREN CÓMO ES
LA VERGÜENZA TOTAL!!

La mayoría de la clase debía encontrar muy divertida la lección, porque no pararon de reír por lo bajo y por lo alto mientras estuve ahí delante.

¡MADRE MÍA! ¡Me moría de VERGÜENZA!

Parecía... un TIPO RARO que a consecuencia de, no sé, un accidente de paracaídas muy grave... ¡me había dado la vuelta como un calcetín!

Después de clase la maestra me dio las gracias por preparar un proyecto tan bueno y compartirlo con mis compañeros.

Y me recomendó que participara en la feria de ciencias municipal que se celebrará mañana en nuestra escuela después de clase.

¿Te imaginas? ¡¿Pasar semejante VERGÜENZA delante de TODA la ciudad?!

Ahí no pude contenerme y grité: "¡Lo siento, señora Kincaid, pero ahora mismo no puedo hablar de la feria de ciencias! ¡¡Tengo que salir corriendo a cavar un agujero muy profundo para meterme y MORIRME!!".

Pero solo lo dije en el interior de mi cabeza y nadie más lo escuchó.

Ahora mismo estoy escondida en el cuarto de baño de chicas escribiendo todo esto.

Supongo que no podré volver a lavar la ropa NUNCA MÁS. ¿QUE POR QUÉ?

¡¡Porque soy ALÉRGICA a la ROPA TÉRMICA!!

Encima, al final no pude platicar con Brandon.

¡Así que decidí NO contarle nada!

Me quedaré con los perros tal como estaba previsto.

Los tendré OCULTOS todo el tiempo en mi habitación y mis papás ni se enterarán de que están en casa.

Estoy segura de que los cachorros estarán tranquilos en su jaula y se pasarán el día comiendo y durmiendo.

Además, tendrán a su mamá allí para vigilarlos, es decir, ¡MENOS trabajo para mí!

Por otra parte, ¡solo los tendré OCULTOS en mi habitación durante veinticuatro horas!

¡No será tan difícil, ¿verdad?!

¡¡☺!!

¡Hoy creía que las clases no se iban a terminar NUNCA! Me MORÍA de ganas de ir a casa para poder dejar todo listo para Holly y sus cachorros.

Primero limpié mi habitación (para que ningún perrito acabara mordisqueando la pizza mohosa que llevaba diez días bajo la cama). Luego la dejé a prueba de cachorros (la habitación, no la pizza).

Y, por si acaso a Brianna se le ocurría FISGAR cuando llegara a casa, dejé suficiente espacio en mi clóset para ocultar la jaula con los perros.

Cuando por fin apareció Brandon con ellos, los subí corriendo y emocionada a mi habitación.

¡MADRE MÍA! ¡Eran tan LINDÍSIMOS que casi me derrito en un charco de... babas pegajosas!

Cuando vinieron Chloe y Zoey a visitarme, también se enamoraron de inmediato de los perritos...

¡¡CHLOE Y ZOEY CONOCEN A LOS PERROS!!

Holly y uno de los cachorros estaban durmiendo, mientras los otros seis correteaban por la habitación, haciendo toda clase de travesuras.

El más pequeño se estaba acurrucando con el osito de Brianna, otro mordisqueaba un calcetín deportivo y otro jugaba a las escondidas debajo de mi cama.

¡¡Eran TAN lindos!! ¡☺!

Le dije a Chloe y Zoey que lo único que me preocupaba era tener que dejarlos solos en mi cuarto mucho rato seguido, como durante las comidas.

Y Chloe me contó que ella también lo había pensado y se le había ocurrido la solución IDEAL. Buscó en su mochila y sacó lo que parecían dos celulares antiguos.

Y dijo...

¡CHLOE ME DA UN PAR DE MONITORES
PARA LOS PERROS!

Eran los que había utilizado la mamá de Chloe con su hermanito cuando era pequeño.

Chloe me explicó que tenía que dejar el emisor en mi habitación con los perros y llevarme conmigo el receptor.

Así podría oír lo que estaban haciendo todo el tiempo. ¡¡¿LINDO, no?!! ¡☺! El monitor era una idea súper que nos iba a facilitar MUCHO el cuidado de los perritos.

"Hasta que no los uses, será mejor que los ocultemos en alguna parte", dijo Chloe recorriendo el cuarto con la mirada. Vio mi mochila sobre la silla y guardó los monitores dentro. "¡Perfecto!".

"¡Gracias, Chloe! Ahora solo me faltaría librarme de mis papás toda la noche. ¡Me da miedo que oigan a los perros!".

Zoey me contestó entonces que eso ya lo había pensado y que se le había ocurrido la solución PERFECTA.

Buscó algo en la bolsa. "Ten, Nikki, ¡¡DOS BOLETOS PARA EL CINE!!", exclamó.

"¡Gracias, Zoey! Pero ¿cómo quieres que lleve a ocho perros al CINE?", pregunté sin entender nada.

"¡No, boba, NO son para TI! ¡Son para tus PAPÁS! Compré entradas para la precuela del nuevo taquillazo de ciencia ficción. ¡Dura tres horas y media! Entre que van y vuelven, tus papás van a estar más de media noche fuera de la casa ¡Y TAMBIÉN fuera del juego!".

¡Les di a Chloe y a Zoey un enorme ABRAZO! ¡¡Son las MEJORES BFF DEL MUNDO!!

Gracias a ellas, ¡¡yo iba a ser la CUIDADORA DE MASCOTAS PERFECTA!!

Al principio no pensaba decirle nada de los perros a Brianna.

Fundamentalmente porque tiene la mala costumbre de CONTÁRSELO todo a nuestros papás.

Pero hubiera sido imposible ocultarles ocho perros a mis papás sin un poquito de ayuda.

No me quedaba más remedio que confiar en ella.

¿Saben que es la ÚNICA cosa más agotadora que cuidar de Brianna?

Cuidar SIETE briannitos con orejas más grandes y algo más de pelo en el cuerpo.

Por eso no me sorprendió nada que cuando se conocieron aquello fuera un amor a primera vista...

¡BRIANNA CON HOLLY Y LOS CACHORROS!

No me había dado cuenta de lo mucho que tenían en común los cachorros y ella:

1. Son muy ruidosos y huelen un poco.

2. No se están quietos, son desordenados y me persiguen por toda la casa.

3. Les haría bien aprender a usar mejor el orinal.

Y

4. ¡¡Consiguen prácticamente todo lo que quieren porque son increíblemente LINDOS!!

¡En realidad Brianna y ellos parecen hermanos de diferentes mamás!

Lo malo es que ahora me está agobiando sin parar porque quiere "jugar con los perris".

Estaba tan tranquila en la cocina haciendo la tarea de geometría cuando entró Brianna.

"¡Nikki! ¿Puedo dejar salir a los perris de la jaula y jugar con ellos un ratito?
¡PORFA! ¡PORFA! ¡PORFA!
¡PORFA! ¡PORFA!".

"No hasta que yo termine la tarea, Brianna. Si se les deja salir de la jaula, hay que vigilarlos muy de cerca, porque si no, se pueden meter en líos".

Brianna se llevó la mano a la barbilla para pensar en lo que le dije. "¿Líos? ¿Qué tipo de líos?", preguntó.

"Brianna, si dejas salir a los perritos de la jaula, ¡se pueden meter en todo TIPO de líos! ¿Lo entiendes?".

"¿Te refieres a líos como romper los cojines, cavar entre las plantas de mamá y hacer caca en el sillón preferido de papá?", preguntó como si nada, y luego pestañeó con cara inocente.

Me volteé para mirar incrédula a mi hermanita.

"¡Brianna! ¡¿No me digas que dejaste salir a los cachorros de la jaula?!", lamenté cerrando el libro de golpe.

Iba a ser IMPOSIBLE acabar la tarea mientras cuidara a ~~ocho~~ NUEVE animales desbocados.

"¡Bueno! Si NO quieres que te diga que dejé salir a los perritos, ¡NO TE LO DIGO! ¿Me puedes dar una galleta?", dijo Brianna tan feliz.

¡MADRE MÍA! Estaba TAN enojada con ella que me habría desahogado gritando contra un cojín.

Pero no podía, porque los perritos estaban entretenidos sacando el relleno de todos los cojines.

Había algodón por toda la casa.

Parecía que hubiera habido una nevada directamente en el salón.

De pronto, Brianna señaló algo...

NIKKI, ¡MIRA QUÉ DESASTRE! ES UNA BATALLA DE CACHORROS Y COJINES, ¡¡Y ESTÁN PERDIENDO LOS COJINES!!

"¡¡ESTUPENDO!!", dije con un suspiro. "Ok, Brianna, llegó tu oportunidad. Cuida de los perritos mientras yo limpio todo esto. Si mamá y papá lo ven, ¡estoy MUERTA Y ENTERRADA!".

"¡Gracias, Nikki!", gritó Brianna. "¡Seré la mejor cuidadora de perritos del MUNDO! Tengo mucha práctica porque cuidé al pez Rover hace unas semanas, ¿te acuerdas?".

¿Cómo olvidarlo?

"¡Ni me lo recuerdes!", exclamé. "Tú sube los perros a mi habitación y vigila que no hagan nada malo. ¡Y no dejes sus golosinas, que te van a hacer falta!", dije tendiéndole una caja de donas para perros.

Brianna se metió una en la boca y la masticó. "¡¡ÑAM!! ¡Es de tocino y queso! ¡Me ENCANTAN estas cosas!".

"¡No son para ti, boba! Si se las ofreces a los cachorros, te seguirán a donde quieras".

"¡Sí, claro, ya lo sabía!". Brianna sonrió avergonzada. "¡¿Quién quiere una golosina?!", gritó, enseñándoles una.

Los perros pararon de repente de vaciar cojines y se pusieron a corretear contentos escaleras arriba persiguiendo a Brianna y a sus golosinas.

Confieso que era muy agradable tener un momento a solas, sin Brianna ni los perros.

Rellenar y coser cojines a toda marcha pinchándome los dedos y sangrando era mucho MÁS SENCILLO que intentar entretener a ocho perros revoltosos y una hermanita mimada.

Pero al cabo de tres cuartos de hora, cuando ya estaba a punto de terminar, me dio paranoia.

Al principio creía que era un mareo debido a la pérdida de sangre.

Y me pellizqué para reaccionar, pero no sentía los dedos.

Seguramente porque se habían quedado insensibles con tantos pinchazos de la aguja.

Algo andaba...

¡MAL!

Finalmente caí en la cuenta.

"¡No se oye nada! ¡Hay demasiado SILENCIO!", me dije a mí misma. "¡¿Qué estará haciendo Brianna?!".

Y salí disparada hacia las escaleras.

"¡Brianna! ¡¿Qué estás haciendo con los perros?!", grité mientras subía corriendo. Pero no contestaba. "¡Será mejor que me contestes o ya verás!".

Al llegar arriba vi un cartel mal escrito con lápiz rojo.

¡¡Era la letra de Brianna!!...

En el pasillo había otro cartel en el que se podía leer...

¡¡PROIBIDO PASAR UMANOS!!

¡¡O SEA TÚ!!

¡¡¡☹!!!

(Vete por fabor)

Lógicamente, yo decidí ignorar por completo sus carteles tan GROSEROS y nada profesionales.

Me daban ganas de reportar el PERRI-SPA a la Secretaría de Comercio. Pero me estoy saliendo del tema...

Del cuarto de Brianna salía música relajante como la que ponen en los balnearios.

Entonces me di cuenta de que el pasillo estaba tenuemente iluminado con las velas eléctricas de mamá, y que en el piso había esparcidos pétalos de flores para mayor efecto.

"¡Caramba! ¡Realmente Brianna se tomó en serio lo del spa!", pensé. "¡Los pétalos de rosas de color rosa quedan muy lindos!".

Pero no había solo rosas. Un poco más adelante, en el pasillo, Brianna había esparcido lilas y gardenias.

"¡Un momento!". Fruncí el entrecejo. "¿De dónde las sacó?". No sabía por qué pero me resultaban muy familiares.

Ahora sí que empezaba a ponerme nerviosa.

Al lado de mi habitación había esparcidos hojas, arbustos, palitos y... ¿raíces?

Y eso sí que me preocupó BASTANTE.

¡Pero me desesperé al ver la tierra fresca y los gusanos despistados sobre la alfombra nueva de mamá!

La puerta del cuarto de Brianna estaba cerrada con llave y tuve que tocar con los nudillos.

"¡¡¡¡¡BRIANAAAAAAAAA!!!!", grité. "¡¡No puedo creer que CORTASTE todo el jardín de la señora Wallabanger, con el que ganó un primer premio!!".

Y de pronto una extraña mujercita, que llevaba unas gafas de ojos de gato con diamantes falsos incrustados, un pañuelo largo, un delantal para pintar en el que había metido los mejores productos de spa de mamá, zapatos de tacón rojos seis números más grandes y demasiado maquillaje y bisutería, abrió muy despacio la puerta de Brianna y asomó la cabeza.

Me miró, arrugó la nariz y me respondió...

¡UNA MUJERCITA EXTRAÑA
HACIÉNDOME CALLAR!

¡No podía creer lo que veían mis ojos! Era...

¡¿Mademoiselle Bri-Bri?! ¡¡☹!!

También conocida como mamuasel Bri-Bri, la Estilista más Fashion de las Estrellas.

Por lo visto ahora era también la dueña del nuevo Perri-Spa para "¡no umanos!".

Se quedó mirándome igual que la miraba yo.
En ese momento comprendí que me esperaba una...

¡LARGA!

¡¡LARGUÍSIMA!!

¡¡¡NOCHE!!!

¡¡☹!!

"¡SHHH! ¡Esto es un spa de mucho guelax, queguida!", me regañó mademoiselle Bri-Bri. "¡¿No has entendido el cagtel?!".

"En primer lugar, ¡a mí no me mandes CALLAR! ¡Aquí mando yo!", le grité. "En segundo lugar, ¡tus carteles casi no se podían leer! Lamento decírtelo, madame, pero ¡escribes FATAL!".

"¡Pegdona, pego no te puedo atender. ¡Mamuasel Bri-Bri está muy ocupada, queguida! Solo admitimos a cachogos con cita. Si no eres un cachogo, no puedes quedagte, lo dice ahí: 'proibido pasar umanos'. ¡Lee el cagtel, por favog!".

Y me cerró la puerta en las narices. ¡¡PAM!!

"¡Mademoiselle Bri-Bri! Mmm, quiero decir... ¡BRIANNA! ¡¡Cuento hasta tres para que abras la puerta o te advierto que me enfadaré como una LEONA!!", gruñí. "¡¡UNO!!... ¡¡DOS!!... ¡¡TRES!!...".

De repente la puerta se abrió de par en par.

"¡Queguida! ¡Por favog, cálmate! Si no, tendré que llamag a SEGUGUIDAD. ¡Pego si me prometes que no DIRÁS a nadie lo de las flogues del pasillo, mamuasel Bri-Bri te dará un DESCUENTO en el facial de mantequilla de cacahuate! ¿De acuegdo? ¡¿Sí?!".

¡No podía creer que *mademoiselle* Bri-Bri estuviera intentando COMPRARME!

¡¡Si creía que podría comprar mi SILENCIO luego de haber DESTROZADO las flores de concurso de nuestra vecina la señora Wallabanger se pasaba de LISTA!!

Claro que, como trato, ¡aquel DESCUENTO para un facial sonaba bastante interesante!

Me ENCANTA ir al spa a que me den esos tratamientos superexclusivos. Pero me estoy yendo por las ramas...

"Para tu información, en los spas aplican exfoliantes faciales de ALMENDRAS, ¡no de MANTEQUILLA DE CACAHUATE!", advertí a *mademoiselle* Bri-Bri.

"¡Y POR FAVOR no me digas que has abierto el tarro especial gigante de mantequilla de cacahuate sin sal ni azúcar que papá se estaba guardando para el día de su cumpleaños y la has puesto en la cara de los perros!".

"¡Bueno, si no quiegues que mamuasel Bri-Bri te diga que ha abiegto el taggo gigante de mantequilla natugal de cacahuate, pues NO te lo digo! Pero DE VEGDAD VEGDADERA no he puesto ni un dedo de mantequilla en la CARA de los peguitos!", exclamó. "¡Somos un spa seguio, POG FAVOG! ¡Tranquila, queguida!".

"¡Menos mal!", me dije a mí misma.

"¡Hoy damos masaje de mantequilla de cacahuate CORPOGAL! Por eso a los peguitos les he puesto la mantequilla POG TODO EL CUEGPO. ¡Ahoga los peguitos están muy guelajados! ¡¡MÍGALOS!!".

¡Al verlos me quedé sin habla!

Holly y sus siete hijos eran de color marrón vómito y estaban recubiertos de mantequilla de cacahuate...

129

¡LOS PERRITOS EN EL PERRI-SPA!

"¡MADRE MÍA! ¡Pero ¿qué has hecho?! ¡¡Están TOTALMENTE cubiertos con la mantequilla de cacahuate ESPECIAL de papá!!", grité histérica.

"¡Bah!", contestó mademoiselle Bri-Bri.
"Yo pongo guapos a los peguitos. Si los peguitos no están guapos, yo tampoco".

"Confiésalo, mademoiselle Bri-Bri, no podría ser peor. Parecen bolas de pelo vomitadas por un gato gigante luego de comerse 139 galletas", dije. "¡Y ni siquiera tienes licencia!".

"¡No hace falta insultar, queguida!", refunfuñó mademoiselle Bri-Bri. "¡Todo está controlado! Mi becaguio ayudante de spa, HANS, ha prepagado un baño especial. Todos los cachoguitos cubiegtos con mantequilla quedagán limpísimos. ¡HANS! ¡Ven a lavag a los pegos! ¡AHOGA!".

Cuando mencionó a su ayudante HANS ya me quería morir.

¡JAMÁS olvidaré a ese tipo!

¡El osito de PELUCHE Hans era el ayudante del SALÓN BRIANNA el día en el que *mademoiselle* Bri-Bri me cortó sin querer un mechón de pelo en febrero pasado!

¡¡Es un BOBO INCOMPETENTE!!

Pero ¡ES IGUAL!

En ese momento me importaba bien poco si era un HADA MUY ESPECIAL la que iba a ayudar a SANTA CLAUS a bañar a los perros.

¡Lo importante era que estuvieran LIMPIOS, en su JAULA y ESCONDIDOS en mi habitación antes de que mis papás volvieran del cine!

Mademoiselle Bri-Bri y yo llevamos a Holly y los cachorros hacia el lavabo para darles un baño rápido.

Y al llegar vi que teníamos tres problemas ENORMES:

1. Su inepto ayudante, el osito HANS, flotaba boca abajo en la bañera.

2. La bañera no estaba llena de agua. Estaba llena de...

...

¡¡¡¿LODO?!!!

...

Y

3. No era solo lodo. ¡La peste que echaba aquel menjurje de alcantarilla era tan fuerte que casi se despegan los patitos del papel tapiz de la pared!

"¡Brianna! ¡¿POR QUÉ hay LODO en la bañera?!", grité. "¿Y por qué huele como si se hubiera MUERTO algo y siguiera ahí dentro PUDRIÉNDOSE?".

"*¡Güi, güi!* Este baggo está hecho con la tiegga más sucia y selecta, elegida pegsonalmente por mamuasel Bri-Bri de la pila de composta de ESTIÉGCOL de la vecina", presumió. "¡No encontrarás otro baño de baggo como este en todo el mundo, queguida!".

¡YO, AGUANTÁNDOME LAS GANAS DE VOMITAR
POR LA TERRIBLE PESTE DEL BAÑO
DE ESTIÉRCOL Y LODO DE
MADEMOISELLE BRI-BRI!

¡MADRE MÍA! La peste del baño caliente de lodo y estiércol era tan fuerte que me chamuscó los pelos de la nariz.

Casi podía notar su SABOR en la boca.

"¡PUAJJ!", exclamé tapándome la nariz. "¡Se acabó, Brianna, te cierro el negocio!", grité. "¡¡El supuesto spa queda CLAUSURADO por violación de más de una docena de normas sanitarias municipales!!".

"Pero, Nikki, ¡aún NO he acabado!", gimió ~~mademoiselle Bri-Bri~~ Brianna. "Hans iba a hacerles a los perros un manicure de gelatina, ¡mira!", dijo con un tarro de mermelada de uva y una cuchara en la mano.

"¡Pero ¿de QUÉ hablas?! Se llama 'manicure de GEL', ¡no de gelatina!", la corregí. "¡Ahora saca al osito de la bañera para que pueda limpiar todo este lío tan APESTOSO!".

"¿Hans? ¡¡HANS!! ¡¡Sal ahora mismo de la bañera o estás DESPEDIDO!!", gritó mientras tiraba con todas sus fuerzas de la pata del oso.

136

¡MADRE MÍA! ¡No lo podía creer! ¡Hans salió volando por el cuarto como un torpedo y aterrizó de cabeza dentro del inodoro SALPICÁNDOLO todo!

Lógicamente, mademoiselle Bri-Bri y yo ENLOQUECIMOS porque AHORA, por culpa de Hans, ¡estábamos empapadas de estiércol y AGUA del escusado!

¡PUAJJJJJJ! ¡¡☹!!!...

Y para cuando conseguimos reunir a todos los perros y llevarlos de VUELTA a su jaula, ¡Brianna y yo estábamos cubiertas de estiércol, agua del escusado y MANTECA DE CACAHUATE! ¡¡☹!!

Finalmente, lo difícil NO ha sido cuidar de OCHO perros. Lo difícil de verdad ha sido cuidar de ~~mademoiselle Bri-Bri~~ ¡Brianna!

Lo siento, pero ¡lleva toda la noche portándose como una JAURÍA DE PERROS SALVAJES! ¡¡☹!!

La última vez que miré, Hans seguía flotando en el inodoro. Lo que no es tan malo, ¡¡si pensamos que el inodoro es diez veces más higiénico que ese baño de lodo y estiércol!!

Los perros DABAN ASCO.

El baño DABA ASCO.

Y hasta Brianna y yo DÁBAMOS ASCO.

IMPOSIBLE limpiar aquella POCILGA antes de que volvieran mis papás.

¡¡A no ser que volvieran dentro de quince días!!

¡¡Mis papás iban a ENLOQUECER cuando descubrieran que yo había escondido, no a UNO, sino a OCHO perros pringosos de mantequilla de cacahuate en su casa que ahora DABA ASCO!!

¡Yo era un DESASTRE total! ¡Y la PEOR cuidadora de mascotas del MUNDO!

Pero, por el aspecto que tenía ahora Brianna, ¡era AÚN PEOR como cuidadora de mi hermana! ¡☹!

Así que hice lo que haría cualquier persona de mi edad normal y responsable delante de OCHO perros y UNA mocosa mimada cubiertos de estiércol, agua del inodoro y mantequilla de cacahuate.

Me dejé caer en medio del lavabo...

Cerré los ojos...

¡¡Y me eché a LLORAR!!

¡¡☹!!

JUEVES, 20:00 H,
MI CASA

No sé cuánto tiempo exacto he estado llorando en el piso del cuarto de baño. Solo recuerdo que oí el timbre de la puerta y me pregunté tres cosas:

1. Cómo es que mis papás volvían tan pronto del cine.

2. ¿Por qué llamaban al timbre en lugar de abrir con sus llaves?

Y

3. ¿Me castigarían sin salir de casa hasta el último año de SECUNDARIA o hasta el primero de UNIVERSIDAD?

Y así hasta que ~~mademoiselle Bri Bri~~ Brianna asomó la cabeza y me dijo lo que ya sabía.

"Nikki, ¡tienes que bajar corriendo! ¡Están llamando a la puerta!", gritó. "Si son mamá y papá, estaré encerrada en mi cuarto jugando al Hada de Azúcar. Pero si están MUY enojados, diles que me escapé de casa, ¿ok?".

NO podía creer que encima Brianna me cargara ahora a mí el muerto. ¡Todo había sido idea SUYA! ¡¡Brianna se había ENFANGADO mucho con el PERRI-SPA de mademoiselle Bri-Bri!!

¡DING-DONG! ¡DING-DONG! ¡DING-DONG!

¡ESTUPENDO! ¡☹! Se notaba que mis papás estaban enojados solo por la manera en la que llamaban al timbre.

Aún cubierta de papel de baño, estiércol y mantequilla de cacahuate, bajé pesadamente los escalones para ir a abrir. Lo único que le podía decir a mis papás era que lo sentía muchísimo, que había aprendido la lección ¡¡y que NUNCA JAMÁS VOLVERÍA a mentirles ni a esconderles nada!!

Abrí despacito la puerta de la calle y cuál fue mi sorpresa al ver a...

... ¡¿BRANDON?!

"¡¡BRANDON!! ¡Madre mía! ¿Qué haces tú aquí?", grité.

"Nikki, ¿estás bien?", preguntó con cara de susto. "Te llamé al celular para ver qué tal te iba con los perros. Pero contestó una... señora... algo rara con un acento muy fuerte diciendo que no podías contestar porque estabas muy enojada por no sé qué lío de mantequilla de cacahuate ¡y que estabas llorando en el baño! Después hablaba de ¿un baño de VAGOS?, que ya lo había pagado o prepagado. No sé a qué se refería, no entendí nada de nada. Y luego me COLGÓ. Fue muy... ¡RARO!".

"¡¿QUÉ?!", balbuceé.

¡Estaba IMPACTADA! ¡¡¿En serio Brianna había estado PLATICANDO con Brandon desde MI celular?!!

¡NO podía creer que esa mocosa MIMADA estuviera aireando así mis asuntos!

Brandon siguió contándome: "Pensé que tal vez me había confundido de número y volví a llamar. Me contestó la misma señora diciéndome que no volviera a hablar o ella llamaría a la policía. El

146

caso es que, como había venido aquí cerca a trabajar en un proyecto, me pareció más prudente pasar para comprobar que estaban todos bien. Porque tú y los perros están bien, ¿verdad?

Es que esa mujer me dejó intranquilo. Por cierto, mmm... ¿qué es ese OLOR? ¡¡PUAJ!!", dijo parpadeando con rapidez, como si la peste se le estuviera metiendo por los ojos.

Pues, sintiéndolo mucho, NO podía decirle a Brandon la verdad: ¡que él me había confiado los perritos y yo había demostrado ser una CALAMIDAD TOTAL y DEFINITIVA como cuidadora de mascotas! ¡☹!

Así que MENTÍ y le dije que la revista Hadalescentes decía que lavar perros en mantequilla de cacahuate y estiércol mataba las pulgas (¡en 10 km a la redonda!) y les dejaba el pelo muy brillante. Pero que la historia había acabado ensuciando bastante más de lo previsto.

Y cuando él llamó yo estaba limpiando (a los perros, mi hermanita, el osito Hans y la mayor parte de las escaleras de la casa).

Y después preferí cambiar de tema.

"¿Y dices que estabas por aquí, Brandon?".

"Sí. De hecho, estaba en la casa blanca de aquí al lado. Mi amigo Max Crumbly y yo estamos trabajando en un proyecto que tenemos que presentar mañana para la feria de ciencias".

"¿La casa de al lado?", pregunté sorprendida. "¿Te refieres a la de la señora Wallabanger?".

"Sí. ¡La señora Wallabanger es la abuela de Max! Nuestro proyecto se titula 'Aplicación de la destilación para transformar agua sucia en agua potable'".

"¡Oye, Brandon! Es verdad, nuestra profe de bío comentó lo de la feria de ciencias. Su proyecto suena muy complicado".

"No, no lo es tanto. Lo único que hay que hacer es buscar agua sucia y transformarla en agua limpia. Con la investigación necesaria, algún día este proceso podría ayudar a proporcionar agua limpia a los países del tercer mundo. Lo que pasa es que para que nuestro proyecto funcione, necesitamos utilizar agua sucia generada de forma natural en el medio ambiente".

"¡No lo puedo creer!", dije admirada.

"Pensábamos utilizar el agua que va saliendo de la pila de composta de la señora Wallabanger. Pero resulta que el agua desapareció, y parece que finalmente no podremos participar en la feria de ciencias".

"¿Y eso? ¿Qué pasó?", pregunté preocupada.

"Parece increíble, pero todo indica que alguien entró en su jardín y robó la composta. También se llevaron unas flores de concurso. La abuela de Max dice que es cosa de su archienemiga Trixie Claire Jewel-Hollister. Se odian desde la escuela. Últimamente, la señora Wallabanger ha ganado todos los concursos florales locales, y dice que Trixie Hollister es una rica mimada y celosa que NO SABE PERDER".

Pensé que esa señora Hollister debía de ser la abuela o una tía abuela de MacKenzie.

No me gustaba que la culparan a ella, pero tampoco quería cargarle el muerto a Brianna.

"Pues qué pena que Max y tú no puedan participar en la feria de ciencias porque... ¡un momento! ¡creo que a lo mejor por casa tengo algo de estiércol, digo, de COMPOSTA, que no necesito!".

Brandon se sorprendió. "¿De verdad? ¡Pues qué magnífica noticia! ¿Nos darías un poco para nuestro proyecto?".

"¡TODO! ¡Se pueden quedar con todo! Lo iba a tirar igual. Aunque necesitaré que antes me ayuden un poco".

Así que yo limpié el inodoro que DABA ASCO.

Brandon limpió la bañera que DABA ASCO (le encantó el "SPA de LODO" de mademoiselle Bri-Bri).

Y su amigo Max limpió a los PERRITOS que DABAN ASCO, en el patio de la señora Wallabanger...

¡MAX BAÑANDO A HOLLY
Y LOS CACHORROS!

Brandon me presentó a su buen amigo Max Crumbly. ¡Era guapo, amable, listo y CASI tan LINDO como Brandon! ¡YAJUUUU! ¡¡☺!!

¡NIKKI, ESTE ES MI GRAN AMIGO MAX CRUMBLY! ¡ES EL NIETO DE LA SEÑORA WALLABANGER!

Brandon me contó que Max es un artista muy bueno (¡como YO!) y que va a la escuela pública South Ridge, que está en esta misma calle.

Los dos me dieron las gracias por ayudarles con su proyecto de ciencias y me invitaron a la presentación.

Total, que cuando mis papás volvieron del cine, ¡todo y todos estábamos limpísimos y durmiendo! Pero sí, ¡¡confieso que la noche fue un COMPLETO DESASTRE!!

¡¿Cómo se me ocurre ofrecerme a cuidar de OCHO perros cuando no podría cuidar de una mascota ni aunque fuera DE PIEDRA?!

¡Menos mal que finalmente todo salió bien!

A lo mejor el masaje de mantequilla de cacahuate de mademoiselle Bri-Bri SÍ relajó a los perritos, porque no los he oído en toda la noche.

¡Solo espero que mañana no haya tanto LÍO!

Hoy mis papás acompañarán a la clase de Brianna en una excursión al zoológico. Para cuando me levante, ya se habrán marchado los tres de casa.

Dejaré que los perritos correteen, jueguen y dormiten por mi habitación (con su tapete absorbente) hasta que yo vuelva de la escuela.

LUEGO, para cuando mi familia vuelva de la excursión, Brandon se habrá llevado a los perros a casa de Chloe ¡y ya habré cumplido mis deberes de cuidadora de mascotas!

Es decir, ¡habré tenido en casa durante veinticuatro horas a OCHO perros ante las narices de mis papás sin que hayan llegado a sospechar NADA!

¡¿Soy o no soy MAQUIAVÉLICA?!

¡JA-JA-JA-JAAAA!

¡Bueno, será mejor que duerma un poco!

¡¡☺!!

...

¡¡¡AAAAAAAAAAAAAAAH!!!

...

(¡Esa era yo, gritando de TERROR!)

Por un momento no sabía si estaba despierta o seguía dormida, ¡solo rezaba para que la cosa tan TERRIBLE que acababa de ver fuera una pesadilla!

Me había levantado, bañado y vestido. Luego estuve cuidando de Holly y los cachorros.

Los había dejado en mi habitación jugando y correteando y bajé para buscar algo de desayunar en la cocina y después irme a la escuela.

¡AVISO! ¡Ahora viene la escena de la PESADILLA!

Como las ~~víctimas~~ personas que salen en las cintas de terror, ¡yo CREÍA que estaba sola en casa!

Y por eso me quedé de PIEDRA al entrar en la cocina y ver...

¡YO EN ESTADO DE SHOCK AL VER A MAMÁ,
CUANDO SE SUPONÍA QUE SE HABÍA IDO!

Le dije: "Mmm... buenos días, mamá, una cosa...
¡¡¿QUÉ HACES TÚ AQUÍ?!!".

Mi mamá me miró extrañada. "Pues ahora me estoy haciendo un café".

"Quiero decir: ¿no se iban todo el día fuera? ¿No ibas a ir al zoológico de acompañante de la clase de Brianna?".

"Es que lo cancelaron porque anuncian lluvia. Y, como ya había pedido el día libre en el trabajo, he decidido quedarme en casa a descansar".

"¡¿QUÉ?! ¡¡¿Que te quedas en CASA?!! ¡¿TODO EL DÍA?! ¡¿Estás SEGURA?!", dije con un hilo de voz.

"¡Sí, lo estoy! Cariño, ¿estás bien? ¡Pones cara de haber visto un FANTASMA!".

"Pues la verdad, mamá, es que estaba bien hasta que entré en la cocina. ¡Ahora tengo ganas de vomitar! Mmm, no... quiero decir ¡SÍ! Es broma. Me encuentro perfectamente", balbuceé.

Bueno, ¡ahora tenía un problema DESCOMUNAL!

Imposible dejar a los perros en mi habitación con mi mamá en casa todo el día.

Y, aunque los ocultara en el garage, seguro que en algún momento acabaría topándose con ellos.

¡¡Tenía que sacarlos de la casa RÁPIDAMENTE!!

Imagínate: sola en casa con ocho perros. Con que solo alguno de los cachorros ESTORNUDARA, seguro que lo oiría. ¡☹!

No como en la ESCUELA, ¡que está siempre atiborrada de gente y parece un ZOOLÓGICO!

¡En la escuela hay tanto RUIDO que no puedes oír ni tus PENSAMIENTOS!

Por disparatado que sonara, ¡¡no me quedaba más remedio que llevarme a los perros a la ESCUELA!! ¡O enfrentarme a la IRA DE MAMÁ! ¡¡☹!!

¡Avisé por mensaje a Chloe y a Zoey del DESASTRE que se avecinaba!

Me dijeron que me tranquilizara y que fuera cuanto antes a la puerta lateral junto a la biblioteca de la escuela.

Pero para eso AÚN tenía que resolver dos pequeños detalles importantes.

Como nadie pide pizza para desayunar a las 7 de la mañana, Queasy Cheesy estaba cerrado y no había camioneta ni conductor. ¿Cómo IBA a pedir a mi mamá o a mi papá que me llevaran a la escuela a mí y a OCHO perros? ¿Y sin que descubrieran, mmm, a ¡los PERROS!?

Entonces me acordé de que vería a mis BFF cerca de la BIBLIOTECA. Un sitio donde hay muchos y muchos LIBROS.

Así que fui por papel y marcador, una cobija y un remolque y creé el disfraz perruno perfecto...

Acababa de tapar la jaula de los perros con la cobija de cuando Brianna era bebé y de pronto oí abrirse de golpe la puerta del garage.

LIBROS
PARA LA
BIBLIOTECA

Brianna se quedó pasmada y con cara de estar a punto de hacerse pis encima.

Me di la vuelta y ahí estaba papá con una taza de café en la mano MIRANDO fijamente la JAULA DE LOS PERROS.

¡MADRE MÍA! ¡Del SUSTO que me pegó casi vomito todo el desayuno, tocino incluido!

La mirada de mi papá iba sucesivamente de la jaula a mí y de mí a la jaula. ¡¡Estaba convencida de que me había ATRAPADO!!

Hasta que dijo: "Bueno, Nikki, creo que necesitarás ayuda para llevar todos esos libros a la biblioteca de la escuela. Voy por la camioneta y te llevo".

Yo estaba sin palabras. ¡Y muy contenta! ¡¡☺!!

¡Mi papá se acababa de presentar como voluntario para llevarme a mí y a los ~~perros~~ libros a la escuela!

"Gracias, papá", le dije. "Me haces un favor".

"Son MUCHOS libros, ¿no? ¿De dónde los sacaste?",
preguntó antes de dar un sorbo al café.

"Los dejó alguien junto a una puerta, y los he estado
cuidando hasta encontrarles hogar. ¡Quiero decir un
HOGAR en la BIBLIOTECA de la escuela, claro!",
expliqué nerviosa.

Mi papá abrió la puerta de la camioneta y luego
fue a avisar a mi mamá que me llevaría
a la escuela.

Yo aproveché para llevar los "libros" hasta la
camioneta y Brianna me ayudó a cargarlo todo
antes de que volviera mi papá.

En cuanto arrancó, puse su emisora de radio
favorita de canciones de toda la vida, con
el volumen tan alto que creía que me iban a sangrar
las orejas.

Por suerte, la música tan alta hacía casi imposible que
mi papá oyera ladrar a los perritos.

PERO si hubiera mirado hacia atrás a los "libros para la biblioteca", ¡vaya sorpresa que se habría llevado!

Mientras ajustaba la cobija para tapar de nuevo a esos cachorros tan curiosos sentía que el corazón me latía a mil por hora.

¡¡PERO ¿EN QUÉ ESTABA PENSANDO?!! ¡¡☹!!

Debía de sufrir una LOCURA TEMPORAL cuando se me ocurrió la RIDÍCULA idea de llevar ocho perros a la escuela.

¡No quería ni IMAGINAR cómo iba a ser el día en la escuela!

Y ni siquiera había empezado aún.

¡¡☹!!

Como habíamos quedado, Chloe y Zoey me esperaban en la puerta lateral junto a la biblioteca.

"¡Hola, chicas!". Salté de la camioneta, las agarré del brazo y las llevé hasta la parte de atrás para que mi papá no nos oyera.

"Vamos, ayúdenme a descargar los, mmm... ¡LIBROS!".

"¿Libros?", preguntó Zoey. "¿Qué libros?".

Les hice un guiño a las dos.

"¡Ah! ¡ESOS libros! ¡Por supuesto!", dijo Zoey.

"Nikki, ¿dónde están los PERROS?", dijo Chloe. "¿Los dejaste en tu habitación? Pensaba que los ibas a traer a la escuela y que...

Zoey le dio una patada a tiempo a Chloe.

"¡AY! ¡Qué daño me hiciste!", gimió Chloe.

"¿Necesitan ayuda, chicas?", preguntó mi papá, que había aparecido por detrás.

¡MADRE MÍA! ¡Del SUSTO que nos dio casi vomitamos la cena de ayer! ¡Debería DEJAR de andar tan sigilosamente y asustar a la gente así!

Abrió la puerta trasera de la camioneta y se dispuso a tomar los "libros para la biblioteca".

"¡NO!", dije sujetándolo. "Quiero decir: no, gracias, papá. Lo hacemos nosotras. Si no, la señora Peach nos despediría. Lo comprendes, ¿verdad?".

"No mucho, pero ok", dijo encogiéndose de hombros. "¡Están más nerviosas que un gato mojado! ¡Cualquiera diría que intentan colar ratones en una fábrica de queso!".

¡Qué va! ¡Nosotras solo intentábamos meter ocho perros en una escuela!

Chloe, Zoey y yo nos hemos mirado y hemos reído nerviosas.

No porque su chiste tuviera gracia, sino porque la cola de Holly asomaba por debajo de la cobija...

Entre las tres descargamos el remolque con la jaula de los perros, le dijimos adiós a mi papá con la mano y llevamos los "libros" a la biblioteca.

"Dejar la jaula aquí es muy arriesgado", dije "¿Y si la señora Peach ve el cartel y cree que son de verdad libros para la biblioteca?".

"Podríamos cambiar el cartel y poner 'BASURA' para que no mire", sugirió Chloe. "Claro que tal vez los tira. ¿Y si ponemos 'SERPIENTES'? Entonces no se acercará, ¿no?".

"¡No! Tenemos que ocultarlos en algún lugar seguro y top secret que solo conozcamos NOSOTRAS. Como, mmm...", dijo Zoey llevándose la mano a la barbilla.

Y de repente las tres tuvimos la misma idea...

"¡EL ALMACÉN DEL CONSERJE!", gritamos emocionadas.

Llevamos la jaula por el pasillo hasta el almacén.

Empujamos la jaula y cerramos la puerta tras ella.

"Espero que no hagan mucho ruido", dijo Zoey retirando la cobija y doblándola.

"Bueno, podemos oírlos con esto", dije mientras sacaba el *kit* de monitores para bebés de la mochila.

Chloe lo conectó y colocó el emisor sobre la jaula y me pasó a mí el receptor.

Todos los cachorros dormitaban, y Holly nos miraba en silencio, imagino que intrigada por el nuevo entorno que los rodeaba.

"¡Miren!", dijo Chloe. "No tiene agua en el plato. ¡Voy a llenarlo para que no pase sed!".

"Sí, pero asegúrate de cerrar la jaula cuando acabes para que no se escapen", dije, mientras ponía al máximo el volumen del receptor.

Quería estar segura de que oiría el menor sonido.
Luego lo metí en la mochila.

Nos despedimos de los perritos, cerramos con cuidado
la puerta del almacén del conserje y nos dirigimos
a nuestros casilleros.

Hoy a primera hora teníamos tutoría en lugar de las
clases habituales.

A nosotras nos quedaba bien, porque las tres tenemos
la misma tutora.

"Ustedes pórtense con toda la calma y naturalidad
del mundo", les susurré a Chloe y a Zoey mientras
nos sentábamos.

"¡Y pensemos solo cosas BUENAS!", susurró Zoey.

"¡BUENA será la forma en la que nos expulsarán a
las tres de la escuela si alguien descubre a los perros
en el almacén del conserje!", respondió Chloe también
susurrando.

¡Qué graciosa, Chloe, gracias!

¡¡La cosa BUENA que pensó ella me dejó a mí más PREOCUPADA que NUNCA!!

¡¡☹!!

Había tanto silencio en la clase que se podía oír el vuelo de una mosca. Pero de repente...

¡BUM! ¡CHOF! ¡GUAU! ¡REGUAU! ¡CATAPLAF!

Los ruidos que salían de mi mochila me dieron tal susto que casi me caigo de la silla. ¡MADRE MÍA! Parecía una batalla de la Guerra de... ¡los Cachorros!

Enseguida me arrepentí de haber subido tanto el volumen del monitor.

¡¡TAMBIÉN me arrepentí de no haber confirmado si Chloe había CERRADO la PUERTA de la JAULA luego de rellenar el plato de agua de Holly!! ¡¡☹!!

Lo oyeron todos los que estaban en el aula, incluidas Chloe y Zoey. Yo me morí de miedo.

La tutora dejó de escribir en el pizarrón, se acercó a mi mesa y me miró boquiabierta...

YO INTERRUMPIENDO LA CLASE CON MIS RUIDOSOS "SONIDOS ESTOMACALES".

"Nikki, ¿te encuentras bien?", me preguntó preocupada.

"Pues... ¿ha sentido alguna vez náuseas tan fuertes que la panza le suena como siete perros encerrados en un almacén de limpieza? ¡Porque así es como me siento yo ahora mismo!". Me llevé las manos a la panza y fingí un gemido muy sonoro y doloroso.

La maestra se estremeció solo de pensarlo.

"Pues no, nunca. ¡Por suerte!", dijo.

¡GUAU-GUAU! ¡PAM! ¡AUUU! ¡REGUAU! ¡CATAPLAF!

"¡Perdón! ¡Pero me temo que esto se va a poner aún más feo!", dije. Y empecé a emitir lamentos largos y fuertes como un camello con dolor de muelas.

Todas mis maniobras eran para conseguir que no se oyera el ruido que salía de mi mochila.

Pero me temo que no funcionaba.

175

"Me estoy empezando a preocupar, Nikki. ¿No habrás comido algo que te ha caído mal?", preguntó la maestra.

"¡No me extrañaría! ¿Recuerda los macarrones con queso azul que dieron ayer para comer? ¡Pues el queso, más que azul, era verde mohoso y olía a saliva de zorrillo fermentado! ¡Y yo me comí TRES platos enormes! ¡¡ARGH!!".

Mis compañeros regresaron rápidamente a sus mesas para ponerse fuera del alcance de mi vomitada.

¡Vaya! Si de verdad me hubiera comido lo que decía, no tendrían que apartarse así.

¡Tendrían que salir NADANDO del aula!

Es una idea.

¡AUUU! ¡GUAU! ¡CATAPLAF! ¡GUAU-GUAU! ¡PAM! ¡GRRR! ¡REGUAU! ¡CATAPLAF! ¡PAM! ¡CATAPLAF!

Algunos compañeros se quedaron mirándome horrorizados, como si estuviera poseída... ¡por la sección de PERCUSIÓN de una BANDA MUSICAL!

Pero ¿qué podían estar haciendo aquellos perros?

¿Jugar BOLICHE? ¿Practicar lanzamientos de CUBETAS?

"¡AU! ¡AU! ¡AUUUUUUU!", se puso a gritar Zoey como un coyote aullando a la luna. "¡Yo también comí demasiados CACARRONES, quiero decir, macarrones! ¡Me encuentro FATAAAAL!".

Chloe también se apuntó: "¡MUU! ¡CUA-CUA! ¡OINK-OINK! ¡¡QUIQUIRIQUÍ!!".

La chica se estaba pasando demasiado con su actuación. ¡Parecía la granja de la tía Chloe!

Entonces, para agregar un poco de dramatismo, ¡¡reconstruí la tristemente célebre escena de MacKenzie vomitando en clase de francés!!

¡CHLOE, ZOEY Y YO,
A PUNTO DE VOMITAR (DE MENTIRA)!

¡MADRE MÍA! ¡Ahí es cuando la clase se volvió loca!

¡Todo el mundo sabe que vomitar puede ser contagioso! Seguro que no está científicamente demostrado, pero ¿Y QUÉ?

Había al menos cuatro compañeros tapándose la boca y con cara de sentir también náuseas.

Pero, a diferencia de nosotras, ¡¡ELLOS sí parecían estar VERDADERAMENTE a punto de VOMITAR!! ¡¡☹!!

Si un alumno vomitando en clase ya daba ASCO...

¡¡PUAJJ!!

¡¡Imagínate CUATRO a la vez!!

¡¡PUAJJ cuádruple!!

Yo desde luego no quería estar cerca cuando SUCEDIERA.

"¡OH, NO!", gritó la tutora dándose de pronto cuenta de la gravedad de la situación. "Ustedes tres, ¡tienen permiso INMEDIATO para salir! ¡Pero CORRAN antes de que sus almuerzos de ayer vengan a saludar sobre el piso limpio de mi aula! ¡MÁRCHENSE! ¡Por favor, SALGAN!".

Era obvio que alguien le había contado a la maestra lo de la VOMITONA DE MACKENZIE. ¡¡Y NO estaba dispuesta a que pasara lo mismo en SU clase!!

Chloe, Zoey y yo nos miramos.

A pesar de lo poco dotadas que estamos para la actuación, ¡el plan estaba funcionando!

"¡Gaczias, profa!", masculle.

Agarré la mochila y las tres salimos del aula a trompicones y como mareadas.

Pero en cuanto cerré la puerta, nos lanzamos a correr por el pasillo hacia el almacén del conserje como en una carrera de 100 metros...

¡CHLOE, ZOEY Y YO CORRIENDO POR
EL PASILLO PARA IR A VER
A LOS PERRITOS!

Mientras corríamos por el pasillo, el almacén del conserje parecía estar cada vez más lejos.

Cuando por fin llegamos, estábamos bastante nerviosas y casi sin aliento.

Abrí poco a poco la puerta y las tres asomamos la cabeza a la vez.

¡MADRE MÍA!

¡No podía creer el **CAOS** que habían creado los perros!

Era como aquella vieja canción de "¿QUIÉN SOLTÓ A LOS PERROS?", pero a lo bestia.

Pero, sobre todo, ¡me parecía increíble que los perritos se lo estuvieran pasando tan BIEN!

Todo lo que había ahí dentro estaba...

masticado,

mordisqueado,

destrozado,

arañado,

rasgado,

hecho jirones,

hecho pedazos,

o directamente

hecho polvo.

Aunque, por suerte...

... los PERROS estaban sanos y salvos...

¡Por todas partes había montoncitos de detergente en polvo, charcos de agua sucia, espuma y papel de baño hecho trizas! Dos de los cachorros jugaban con la manguera de los grifos del fregadero.

No domino el lenguaje perruno, pero diría que Holly se moría de vergüenza por las travesuras de sus cachorros.

Costaba creer que unos perritos tan PEQUEÑOS pudieran causar semejante CAOS. De hecho, ¡parecía que habían organizado un fiestón en casa y habían ARRASADO con todo!

"Nos demoraremos como mínimo una hora en limpiar este lío", gimió Zoey. "Será mejor regresar y hacerlo a la hora del almuerzo, cuando tengamos más tiempo".

"Sí, es verdad. Pero antes hay que sacar a los perros de aquí", masculle.

"¿Dónde más podemos dejarlos?", preguntó Chloe. "La señora Peach estará toda la tarde en la biblioteca, de manera que AHÍ es imposible".

"¡Chicas! Se me ocurre algo BRUTAL", dije sonriendo. "¡Y estoy casi segura de que funcionará! O, si no funciona, nos ARRUINARÁ la vida y hará que nos EXPULSEN de la escuela".

"¡Caray, suena perfecto!", contestó Zoey sarcástica y poniendo cara de paciencia.

"Escúchenme, ya verán", dije. "El director Winston no estará en todo el día en el edificio porque tiene una reunión fuera, ¿correcto? Pues bien, como él no estará en su despacho...".

"¡Ya sé!", interrumpió Chloe emocionada. "¡Podemos simplemente SALTARNOS las clases del resto del día y llevar a los perros a MI casa! Como el director no está, no se enterará y no nos EXPULSARÁN, ¿es eso?".

"No exactamente, Chloe. Tú ESCÚCHAME, ¿ok? Podríamos ocultar a los perros en su despacho y nadie se enteraría JAMÁS. Porque nadie, pero lo que se dice nadie, se ATREVERÍA nunca a entrar ahí sin su permiso. ¡¡Hay que ser VERDADERAMENTE TONTO para eso!!".

Zoey se dio una palmada en la frente. "Ejem... Nikki, ¿lo dices en serio? ¡Pero qué lata! ¡Buf!".

"¿Cuál lata?", preguntó Chloe buscando a su alrededor. "Aquí no hay ninguna lata. Pero ¿quién va a abrir una lata en el almacén del conserje? ¡Ah, claro! El CONSERJE, ¿verdad?".

"¡He dicho 'qué lata', Chloe!", suspiró Zoey.

"Sí, claro, eso escuché. Pero no veo la lata por ningún lado", masculló Chloe.

"¡Chloe! ¡Aquí no hay NINGUNA lata!", le dije.

"¡Ya me lo parecía, pero díselo a Zoey!", gruñó Chloe.

"¡Oye, Zoey!", protesté. "Si tienes una idea mejor, suéltala".

"De hecho, creo que la idea tan tonta de Chloe de FUGARNOS es MEJOR. Y MENOS arriesgada", refunfuñó.

Puse los ojos en blanco y no dije nada.

Finalmente, Zoey dijo suspirando: "Nikki, si crees que tu plan puede funcionar, ¡intentémoslo! Desde luego, ¡AQUÍ los perritos no pueden quedarse!".

"¡Súper!", dije sonriendo. "Se los cuento, mi plan es MUY, MUY sencillo. ¡Lo ÚNICO que tenemos que hacer es METER a los perros en el despacho del director Winston, impedir que lo DESTROCEN todo como han hecho aquí en el almacén del conserje, procurar que nadie los descubra y luego METERNOS de nuevo en el despacho al final del día y llevarnos los perritos a casa! ¡No será tan difícil, ¿verdad?!".

Chloe y Zoey se limitaron a cruzarse de brazos y me miraron.

"Hasta aquí mi plan. ¿Alguna pregunta?".

"Sí. Creo que Chloe y yo tenemos la misma pregunta", masculló Zoey...

Sí, claro, no era exactamente la PREGUNTA que esperaba, pero mira, son Chloe y Zoey ¡y hay que QUERERLAS como son!

Tener la idea de ocultar a los perros en el despacho del director Winston había sido bastante sencillo.

Lo difícil era ahora pensar CÓMO llevarlos hasta el despacho del director Winston. Este era mi PLAN MAESTRO:

Chloe se encerraría en el baño y ~~haría sus terribles imitaciones de animales de granja~~ fingiría que estaba mareada.

Zoey y yo le diríamos a la secretaria que estábamos preocupadas por Chloe y que fuera a verla.

Aprovechando la ausencia de la secretaria, Zoey y yo simplemente empujaríamos la jaula de los perros hasta el despacho del director y luego lo cerraríamos.

Como el despacho está en un pasillo aparte con respecto a la ajetreada secretaría, difícilmente oirían a los perros a menos que hicieran mucho ruido.

191

Al acabar el día, pediríamos que nos dejaran recuperar nuestra caja de "libros para la biblioteca", sin saber cómo había ido a parar al despacho del director Winston en lugar de a la biblioteca.

Sabía que mi plan era inverosímil, mal planteado y muy arriesgado. Pero no tenía más opciones.

¡Salvo confesárselo todo a mis papás! ¡☹!

Estábamos vigilando la escena cuando se abrió la puerta, salió la secretaria y se alejó por el pasillo hacia la sala de profesores.

¡No podíamos creer la suerte que teníamos! ¡☺!

Si la secretaría iba a estar un rato desatendida, teníamos la oportunidad PERFECTA para meter a los perros en el despacho del director.

Arrastramos corriendo el remolque, pero nos llevamos una sorpresa, en parte MALA y en parte BUENA. La parte MALA: ¡en la secretaría había una alumna ayudante! ¡☹!

¡Pero la parte BUENA fue que era nuestra amiga MARCY! ¡¡☺!! . . .

NUESTRA BUENA AMIGA MARCY DURANTE SU TURNO DE AYUDANTE DE SECRETARÍA.

"¿Qué tal, Marcy?", dije. "¡Queríamos pedirte un gran favor! ¡Es un poco secreto!".

Se quedó mirando el remolque que teníamos detrás con cara de sorpresa. Luego leyó el cartel y parpadeó incrédula.

"¡MADRE MÍA! ¡No puedo creer que ustedes tres estén haciendo algo así! ¡¿Y encima quieren que les guarde el secreto?! ¡Lo que hacen lo tiene que saber toda la escuela!", gritó nerviosa Marcy.

Por su reacción tan exagerada era bastante evidente que había visto asomarse a algún cachorro a mirar por debajo de la cobija o alguna cola meneándose contenta.

¡GENIAL! ¡Ahora sí que nos habían ATRAPADO! ¡¡☹!!

Chloe, Zoey y yo entramos en modo pánico.

"Mira, Marcy, ¡te lo puedo explicar todo! ¡Dame una oportunidad, por favor!", le rogué.

"Cuando la secretaria vuelva, ¡seguro que se queda igual de pasmada y sorprendida que yo! Y lógicamente le informará al director Winston en cuanto entre por la puerta", siguió diciendo Marcy.

"De hecho, Marcy, te veo muy ocupada. ¡Y nosotras tendríamos que regresar ya a clase!", exclamó Zoey. "¡Que tengas un buen día!".

Pero justo en ese momento Chloe saltó: "¡OH, NO! ¡¡Van a EXPULSARNOS y nuestros papás van a MATARNOS!!", gritó histérica mientras se llevaba las manos a la panza. "¡ARGH! ¡Creo que voy a VOMITAR! ¡Pero de verdad! ¡Quiquiriquí! ¡Muu! ¡Oink!".

"Bueno, Marcy, creo que no hace falta que te cuente lo que estábamos haciendo, así que olvida que hemos estado aquí", dije frustrada.

"¡No! No tienes que explicar nada. Es muy obvio. ¡Están recogiendo donaciones para la biblioteca! ¡¡DE NUEVO!! ¿Verdad? ¡Son increíbles, chicas!

¡Qué suerte tiene nuestra escuela de contar con alumnas como ustedes tan dispuestas a ayudar! ¡El director Winston debería darles a las tres el premio a las mejores alumnas del año! ¡Estoy TAN orgullosa y me siento tan honrada de ser su amiga!", dijo Marcy emocionada.

"A VER, ¿EN QUÉ LES PUEDO AYUDAR?".

Chloe, Zoey y yo nos miramos y soltamos unas risas nerviosas.

¡UFF! ¡Por poco!

Me alegraba que Marcy se ofreciera a ayudarnos.

Pero, tras aquellos encendidos cumplidos, pedirle que se APROVECHARA de su puesto en la secretaría ayudándonos a meter ocho perros en el despacho del director Winston, resultaba de repente mucho más complicado que antes.

Yo había decidido meterme en esto para ayudar a Brandon a salvar a Holly y sus cachorros.

Pero implicar a gente inocente como mis BFF...
¡y ahora a Marcy!

¡Me sentía como una SERPIENTE! ¡Una serpiente falsa, manipuladora y muy DESESPERADA!

No tenía más remedio que llamar a mis papás y contarlo todo ANTES de que acabara metiéndonos a mis amigas y a mí en graves problemas.

"¡Gracias, Marcy! ¡¿Significa eso que no nos EXPULSARÁN por meter a Holly y sus cachorros en la escuela?!", soltó de golpe Chloe.

Zoey le dio una patada para hacerla callar.

"¡AY! ¡Oye, duele!", se quejó Chloe mirando mal a Zoey.

"¿Cachorros? ¡¿Has dicho CACHORROS?!", exclamó Marcy emocionada. "¡MADRE MÍA! ¡Me ENCANTAN! ¡Llevo TODA LA VIDA pidiéndoles uno a mis papás! ¡¿Dónde están?! ¡¿Puedo verlos?! ¡¡POR FAVOOOOOOR!!".

Ahí es cuando decidí NO llamar a mis papás ni contarles nada.

Pues ssssí, ¿y qué sssi sssssoy una sssssserpiente? ¡☺!

Le conté a Marcy lo de Holly y sus cachorros y que estábamos ayudando a Brandon a salvarlos.

Luego la dejé que los mirara un poco...

¡¡YO ENSEÑÁNDOLE LOS PERRITOS A MARCY!!

Mi amiga no parecía desengañada al descubrir que los libros para la biblioteca eran en realidad perros.

Cuando le contamos nuestro apuro perruno, Marcy también pensó que el despacho del director Winston sería el escondite IDEAL hasta que acabaran las clases. ¡¡☺!!

Sobre todo porque no estaba previsto que el director regresara hoy en horas de clase.

"Te agradecemos la oferta, pero ¿estás SEGURA de que quieres hacerlo? Mira que si nos descubren podrían castigarte después de clase... lo peor!", le avisé.

"Bueno, la verdad es que el castigo no es lo que me preocupa. Lo que me daría rabia es que me degradaran de ayudante de secretaría a ayudante de vestuario de los equipos. ¡No pueden imaginar cómo quedan los uniformes de lucha libre luego de los entrenamientos! ¡Huelen a esencia de vertedero y gas metano!", se quejó. "¡¡PUAJ!!".

"Marcy, si prefieres no ayudarnos, lo entenderemos perfectamente", le sugerí.

"Es verdad. No te pediríamos que hicieras algo tan loco y peligroso si no fuera por una buena causa como esta", explicó Zoey.

Chloe, en cambio, no fue de ninguna ayuda. Hizo pucheros como si estuviera a punto de llorar.

"Pero Marcy, ¡mira esas caritas tan lindas!", balbuceó poniendo voz de bebé. "¡Mira qué boquitas de gugu tata agú agú! ¿Verdad que sí? ¡Mira qué lindos son!".

Como si les hubieran dado una señal, los ocho perros nos pusieron ¡los ojitos más grandes, tristes y angelicales posibles!

"¡Ooooooh!", exclamamos las cuatro.

"¡Los pobrecitos cachorritos están mu, mu tistes!", dijo Chloe con voz de pena.

"¡Bueno, cuenten conmigo!", dijo Marcy a punto de echarse a llorar. "Habría que ser muy CRUEL para decir que no a esas caritas tan lindas lindísimas. ¡Mis amores!".

¡Chloe, Zoey y yo estábamos tan contentas, que le dimos a Marcy un abrazo de grupo!

"¡Gracias, chicas!", dijo Marcy sonriendo. "La secretaria volverá en cualquier momento. ¡Tenemos que llevar a los perritos al despacho del director Winston inmediatamente!".

Supongo que algo dentro de mí entendió finalmente que DE VERDAD estábamos a punto de ocultar ocho perros en el despacho del director.

Porque de repente se me disparó el corazón y me empezaron a sudar un MONTÓN las manos.
Y comencé a sentir náuseas, ¡pero de las reales!

Respiré hondo, asentí con la cabeza y dije despacito: "Muy bien, Marcy, ¡en marcha!".

¡Pero en el fondo estaba ATERRORIZADA!

Habría salido corriendo de la secretaría, gritando histérica...

¡Solo espero que mi plan de LOKOOOS marche!

Marcy giró despacio la manija de la puerta del despacho del director y...

¡¡CLIC!!

¡MADRE MÍA! ¡Casi nos da algo del susto!

"¡¡AAAH!!", gritó Chloe agarrándome el brazo.

La verdad es que nunca había oído una manija de la puerta tan RUIDOSA.

Pero ¿y qué?

No por eso Chloe tenía que actuar como si hubiera visto a un asesino con un hacha, como mínimo.

"¡CHLOE! ¡Suéltame!", dije susurrando.

"¡Perdón!", mascullé. "Estoy un poco nerviosa".

Las cuatro nos pusimos a recorrer el despacho de puntitas y a oscuras, con la jaula de los perros detrás.

Había algo tétrico en el ambiente.

¡Como si en cualquier momento pudiera surgir de entre las sombras algún ser terrorífico que nos clavaría sus largas y huesudas garras y nos haría algo HORRIBLE!

Algo como, no sé...

¡¡APUNTARNOS A UNA ESCUELA DE VERANO!!

¡SOCORROOOOOOO! ¡¡¡☹!!!

Marcy se detuvo en mitad del despacho. "¡¡SHHH!! ¿Lo han oído?".

¡Yo desde luego que sí lo había oído!

¡TOC-TOC!

¡TOC-TOC!

"¡OH, NO!", exclamó Zoey. "¡Creo que están llamando a la puerta! ¡Estamos MUERTAS!".

"¡No es la puerta! ¡¡Son las RODILLAS de Chloe!!", dije pacientemente.

"¡Ya les había advertido que estaba un poco nerviosa!", replicó Chloe. "¡Esto parece como mínimo una casa encantada! ¿Alguien tiene una linterna?".

"¡Basta! ¡Ya no puedo más!", dijo Marcy. "¡Voy a hacer lo que tenía que haber hecho al principio!".

Se dio la vuelta y se fue hacia la puerta.

NO podía creer que nos abandonara porque le había dado un ataque de pánico.

"¡Espera, Marcy, vuelve!", susurré histérica.

"¡Ya ves! ¡Parece que prefiere oler apestosos uniformes de lucha libre antes que estar con traficantes de cachorros!", gruñó Chloe. "¡TRAIDORA!".

¡CHLOE, ZOEY Y YO ATERRORIZADAS
AL VER A MARCY YENDO HACIA LA PUERTA!

Al llegar a la puerta, se detuvo.

Pulsó un interruptor que había en la pared y el despacho entero se iluminó.

Chloe, Zoey y yo nos quedamos pasmadas.

"¿Ven qué bien? ¿A que ahora se ve mucho más?", dijo Marcy mientras descorría unas cortinas. "A ustedes no sé, ¡pero a mí tanta oscuridad me estaba poniendo la piel de GALLINA!".

A Chloe se le fue el miedo al ver lo que nos rodeaba.

Con la luz encendida, el despacho ya no parecía un Templo Maldito.

En realidad, solo era muy aburrido.

Títulos pomposos colgados en las paredes, un estante lleno de libros polvorientos y un reloj junto a un marco con una foto de la familia. Sobre el escritorio, junto a una computadora, había un tarro grande lleno de dulces.

No pude evitar un escalofrío. Con suerte, hoy sería el PRIMER y el ÚLTIMO día de mi vida que entraba en el despacho del director.

Doblé la cobija de los perros y la puse dentro del remolque.

Todos se habían acurrucado apretaditos y estaban a punto de echar su sueño de media mañana.

"Creo que están agotados del fiestón que hicieron en el almacén del conserje. Seguro que pasan el resto del día durmiendo. Ni sabrás que están aquí", le dije a Marcy.

"¡Perfecto! Vendré a mirarlos cada hora entre clase y clase. Si surge algún problema, te enviaré un mensaje, Nikki", dijo Marcy. "De lo contrario, quedamos aquí al final de las clases para que se los lleven".

"Gracias, Marcy, ¡nos salvas la vida!", le respondí.

De pronto Marcy se detuvo en seco.

"¡¡SHHH!! ¡He oído otro ruido extraño!", susurró.

¡CHAC! ¡CHAC! ¡CHAC! ¡CHAC! ¡CHAC! ¡CHAC!

¡Ahora también lo había oído!

Marcy, Zoey y yo miramos hacia la puerta temerosas.

¿Eran pasos?

¡MADRE MÍA! ¿Y si resultaba que la secretaria venía al despacho del director Winston para dejarle el correo sobre la mesa y nos descubría?

Busqué rápidamente dónde podíamos ocultarnos.

"¡Al armario! ¡Rápido!", dije en voz baja.

"Chicas, chicas, ¡TRANQUILAS! ¡Soy YO!", dijo Chloe riendo.

Nos dimos la vuelta y la vimos masticando sonoramente los últimos dulces de chocolate que quedaban en el tarro del director Winston...

¡CHLOE ZAMPÁNDOSE LOS DULCES DEL TARRO DEL DIRECTOR WINSTON!

"¡Perdónenme por comer como una cerda, pero esas minibarritas de chocolate son DELICIOSAS!".

Se ve que en los tan solo sesenta segundos en los que le habíamos dado la espalda, ¡Chloe había logrado meter casi todas las barritas que había en aquel enorme tarro por su boquita tan delicada!

Ahora en serio... ¿cómo lo había hecho?

¡¿Se DESENCAJA la mandíbula para engullir como hacen esas serpientes enormes de los documentales?!

En fin, pese a la última movida alimenticio-ruidosa de Chloe, los perros se habían dormido finalmente.

Marcy apagó la luz y corrimos hacia la secretaría.

Justo a tiempo.

Cuando íbamos a salir al pasillo para ir a clase, la secretaria nos detuvo la puerta.

"¡Que tengan un buen día, chicas!", dijo con una sonrisa.

"¡Igualmente!", contestamos sonriéndole también.

Por suerte, los perritos están ocultos a salvo en el despacho del director Winston, donde nadie los va a encontrar.

Ahora lo único que tenemos que hacer es superar el resto de la jornada escolar, que dura unas CINCO horas.

¡No será tan complicado, ¿verdad?!

¡¡☺!!

Chloe, Zoey y yo nos comimos el almuerzo lo más rápido que pudimos.

Después salimos de la cafetería sin que nos vieran y corrimos al almacén del conserje según lo previsto.

¡MADRE MÍA! Parecía que había pasado por ahí un huracán de nivel 3.

Creíamos que tardaríamos una ETERNIDAD en limpiar el CAOS que habían sembrado los perros. Aunque mis BFF y yo ODIAMOS recoger la habitación y ODIAMOS poner el lavavajillas, de alguna forma conseguimos acabar antes de que terminara la hora del almuerzo.

¡¿Cómo?!

Nos pusimos los guantes de limpieza y combinamos nuestros poderes para convertirnos en las famosas SUPERHEROÍNAS...

LAS TRES LIMPIAFANTÁSTICAS

¡Desgraciadamente para nosotras, también acabamos OLIENDO como el almacén del conserje! ¡☹!

¡Que es una combinación de jabón, limpiador de inodoro y TRAPEADOR con moho!

¡PUAJJ! ¡¡☹!!

Total, que Marcy vigiló a los perros entre clase y clase y me había dicho que me enviaría un mensaje si algo iba mal. No tengo noticias de ella, de manera que ¡será que TODO VA BIEN! ¡☺!

¡Mira que todo esto de cuidar perros está saliendo bien!

Solo faltan un par de horas para que acabe la jornada escolar.

¡¡¡YAJUUUUU!!!

¡¡☺!!

VIERNES, 13:00 H
CLASE DE BIOLOGÍA

Hoy luego de clase se celebra la gran feria de ciencias y los alumnos ya se están preparando en el gimnasio. La profa de bío había colgado el anuncio:

FERIA DE CIENCIAS MUNICIPAL

INSTITUTO WESTCHESTER COUNTRY DAY
Viernes 2 de mayo, 16:00 h a 19:00 h
Sábado 3 de mayo, 9:00 h a 16:00 h

¡PREMIOS EN EFECTIVO! * ¡COMIDA! * ¡DIVERSIÓN!

Más informes y hojas de inscripción
en la web del Instituto WCD.

Como la mitad de los alumnos de nuestra clase de bío estaban en el gimnasio preparándose para la feria (¡incluido Brandon!), la profa nos dijo que podíamos dedicar la hora a repasar en silencio para el examen de la próxima semana.

Se agradece tener ese tiempo para estudiar bío, pero, francamente, estaba más aburrida que nada.

¿Por qué iba a estudiar el tema de bío HOY si podía PROCRASTINAR y dejar el estudio para la PRÓXIMA SEMANA?

Total, que me puse a mirar los mensajes de texto y no había ninguno de Marcy, por lo que pensé que los perros estarían bien. ¡☺!

¡Y ya quedaba poco para terminar el día!

PERO por si finalmente SÍ hubiera algún problema, quería estar totalmente preparada.

¡Así que aproveché para escribir una lista de excusas, que al menos es divertida! ¡¡☺!!

LISTA DE EXCUSAS PARA EXPLICAR POR QUÉ HAY PERROS EN EL DESPACHO DEL DIRECTOR

Para: Director Winston

De: Nikki J. Maxwell

Estimado señor director:

Se estará preguntando por qué hay ocho perros en su despacho. Permítame que se lo explique.

Pero antes debo confesarle —y tiene que creerme— que estoy tan:
- ☐ desconcertada
- ☐ confundida
- ☐ hambrienta
- ☐ calva

como usted en relación con esta situación tan preocupante.

Esta mañana, cuando iba de camino a mi
salón, me pareció oír a alguien o algo:

- ☐ arañar
- ☐ vomitar
- ☐ cantar
- ☐ cacarear

en una de las puertas de la escuela.

Supuse que sería:

- ☐ el repartidor de pizzas
- ☐ un payaso del circo
- ☐ una ardilla rabiosa
- ☐ un vampiro sediento de sangre

que pretendía entrar.

Así que abrí la puerta lo justo para mirar.
Y en ese instante, sin que pudiera hacer
nada, entraron corriendo ocho perros.

Intenté detenerlos, pero eran más rápidos que:

- ☐ un rayo
- ☐ un episodio incontrolado de diarrea
- ☐ una babosa resbalando por el hielo
- ☐ un piloto de carreras con las cuatro ruedas ponchadas

y de repente desaparecieron corredor abajo.

Busqué por todos y todas:

- ☐ las clases
- ☐ los baños
- ☐ los casilleros
- ☐ el almacén del conserje

pero NO los encontré.

Me sentí tan frustrada que quería:

- ☐ devorarme un sándwich de mantequilla de cacahuate y jalea

- ☐ escarbarme la nariz
- ☐ bailar la "Macarena"
- ☐ darme un baño de espuma

y luego llorar como una histérica.

¡El único sitio donde TODAVÍA no había buscado era su despacho! Porque no quería violar ninguna norma del reglamento escolar y que eso me ocasionara:
- ☐ una carta de expulsión definitiva
- ☐ un castigo después de clase
- ☐ un salpullido en el trasero
- ☐ un grano en la nariz enorme como una pasa

lo que desgraciadamente podría incorporarse a mi expediente escolar definitivo e impedir que me admitieran en cualquiera de las universidades importantes.

Por lo tanto, no tenía más remedio que entrar a su despacho a buscar a los perros.

Lógicamente, en cuanto vi a los perros ahí,
yo inmediatamente:
- ☐ me hice pipí
- ☐ me desvanecí
- ☐ me tomé una selfie
- ☐ pisé una caca de perro

lo cual fue una experiencia tan traumática
que tardaré años en superarlo.

Por suerte, los perros solo estaban:
- ☐ comiéndose informes de calificaciones
  de los alumnos
- ☐ bebiendo directamente del
  inodoro
- ☐ mordisqueando su sillón de piel
  echando una siesta

de manera que su despacho no ha sufrido
grandes daños.

Salí del despacho para telefonear al Refugio de Animales Fuzzy Friends para que se llevaran a los perros y les buscaran un hogar. Cuando volví me lo encontré a usted, que los había descubierto.

Jamás abriré la puerta de la escuela a:
- ☐ cinco lobitos que tiene la loba
- ☐ seis elefantes que se balanceaban
- ☐ siete cabritos y un lobo
- ☐ ocho perritos muy traviesos, tralarí, tralará

Pues ya he aprendido la lección.

Atentamente,

NIKKI J. MAXWELL

¡☺!

¡Es increíble que un día que ha comenzado tan MALÍSIMAMENTE esté acabando tan PERFECTAMENTE! ¡☺!

Chloe, Zoey y yo, que somos ayudantes de biblioteca, estábamos colocando libros en los estantes cuando vino a vernos Brandon.

No nos habíamos visto en todo el día porque los dos estábamos bastante ocupados.

"¡Hola, Nikki! Quería darte las gracias de nuevo por la composta que nos diste para el proyecto de ciencias. Lo que sobraba se lo ofrecí a la señora Wallabanger y se puso contentísima. Dice que lo utilizará para arreglar su jardín floral".

"¡No es nada! ¡Me encanta ayudar!", dije sonriendo.

De pronto Brandon se puso SUPERserio. "Pero sobre todo gracias por ayudarme con Holly y

sus cachorros. Te has portado... ¡DE LUJO!",
dijo ruborizándose y apartándose las greñas del
flequillo de los ojos.

Después se quedó mirando directamente a... ¡el pozo
hondo y oscuro de mi alma frágil y atormentada!

¡MADRE MÍA! ¡Casi me derrito en un charco de...
babas pegajosas sobre el mostrador de la biblioteca!

¡¡YAJUUUUUUU!! ¡☺!

Decidí ser sincera con Brandon, porque la
VERDADERA amistad se basa en la franqueza,
la confianza y el respeto mutuo. ¡¿Verdad?!

"¡Gracias, Brandon! Debo confesar que he pasado algún
momento difícil con los perros. Pero en general todo
ha ido muy bien ¡y me he divertido mucho con ellos!".

Ok, es verdad, no estaba sincerándome DEL TODO.

¡Sí, lo sé! Había omitido el detalle de que, aunque
mi mamá me había dicho que NO podía traer ningún

perro a casa, yo no le había hecho caso y los había ocultado en mi dormitorio.

Tampoco mencioné que mi mamá había decidido no ir a trabajar esta mañana y que eso significaba que no podía dejar los perros en casa como había previsto.

También me salté la parte en la que decidí traer a los perros a la escuela.

Y el detalle de que Chloe, Zoey y yo los habíamos ocultado en el almacén del conserje.

Y que Marcy nos había ayudado a meterlos en el despacho del director Winston, que hoy pasaba el día fuera de la escuela.

Sí, sí, se podría decir que en el fondo he MENTIDO a Brandon al NO contarle ciertas cosas. Más o menos.

Pero, ¡no podrás creerlo! ¡Brandon dijo que pensaba mostrarme su agradecimiento invitándome un día de estos al Dulces Cupcakes!

¡¡YAJUUUUU!! ¡¡☺!!

Me hizo muchísima ilusión (¡tanto como a las entrometidas de Chloe y Zoey!)...

Además, es igual, falta menos de UNA hora para ir con Marcy a sacar los perros del despacho del director.

Y empezará el turno de Chloe.

Chloe y Zoey tienen mucha SUERTE porque SUS papás saben lo de los perros. No tendrán que andar ocultándolos en su habitación como he hecho yo.

¡Estoy feliz por haber sobrevivido las últimas veinticuatro horas! ¡Y los perritos también!

¡¡YAJUUUUUUUU!! ¡¡☺!!

Sin ánimo de presumir, ¿eh?

Pero he sido la...

¡¡CUIDADORA DE MASCOTAS

PERFECTA!!

¡¡☺!!

A ver... ¡QUE NO CUNDA EL PÁNICO! ¡¡☹!!

¡¡Acabo de recibir unos mensajes de MARCY!!

MARCY: Las estoy esperando en el despacho de Winston. Perros ok. Hasta ahora.

YO: ¡Súper! En mi casillero esperando a Chloe y a Zoey. Estaremos ahí dentro de un par de minutos.

MARCY: Por cierto, se han quedado sin agua en el plato. ¿Les puedo poner más?

YO: Sobre todo no abras la jaula. Ahora nada de agua.

MARCY: ¿Seguro? Se les ve muy sedientos.

YO: ¡¡¡¡¡NO ABRAS LA JAULA!!!!!

MARCY: ¡UPS! ¡¡☹!!

YO: ¿Qué ha pasado?

YO: ¿Marcy?

MARCY: ¡¡¡¡¡SOCORROOOOOOOOO!!!!!

Esto es lo que ocurrió...

¡MARCY ABRE LA JAULA DE LOS PERROS! ¡¡☹!!

Iba a salir corriendo a rescatarla cuando oí que alguien me llamaba.

"¡NIKKI! ¡Espera! ¡Tengo que hablar contigo!".

Brandon llegó corriendo y se recargó en mi casillero para recobrar el aire.

"¡Por poco! ¡He corrido desde el gimnasio hasta la biblioteca y luego hasta aquí! ¡Menos mal que te encontré a tiempo! Antes se me había olvidado decírtelo: ¿hay alguien en tu casa ahora?".

En ese momento llegó otro mensaje de Marcy.

> MARCY: Estoy intentando regresar los perros a la jaula, ¡pero es imposible! ¿Dónde estáaaan?

"¿En mi casa ahora? Pues precisamente está mi mamá, que no ha ido a trabajar. ¿Por qué lo preguntas?".

"¡Perfecto! Como tengo que estar en la feria de ciencias hasta las siete de la tarde, he enviado a tu casa la camioneta de Queasy Cheesy para que

cargue a los perros y los lleve a casa de Chloe.
¿Está bien?".

Me quedé mirando a Brandon pasmada.
"¡¿Que ya enviaste la camioneta a MI CASA?!".

"Sí", contestó Brandon.

"¡¿PARA TRASLADAR A LOS PERROS?!".

"Sí".

"¡¡¡¿A MI MAMÁ?!!!", dije prácticamente gritando.

"¿Es un problema? ¿No has dicho que estaba en casa?", preguntó Brandon desconcertado.

"¡Está en casa! Quiero decir que ESTABA en casa...".

Entonces llegó otro mensaje de Marcy:

MARCY: ¿DÓNDE ESTÁAAAAAN? ¡Los
perros están corriendo arriba y abajo
tocándolo todo! ¡¡¡SOCORROOOO!!!

"Mira... un mensaje de mi mamá. Dice que se ha llevado a los perros... ¡de COMPRAS! Que tardará al menos una hora en regresar".

"¿De compras? ¡Caray!", exclamó Brandon.
"Bueno, pues le diré al conductor que espere en la entrada".

"¡NO! ¡Imposible! Quiero decir, sí. Pero es que luego de comprar quiere ir a, mmm... ¡al SPA!".

"Nikki, ¿estás diciéndome que tu mamá va a llevar a ocho perros de compras y luego al spa?".

"¡Es un spa CANINO! Lo lleva mademoiselle Bri-Bri, la señora con la que hablaste ayer por teléfono. Y ahí se van a pasar, no sé, diecisiete horas como mínimo... ¡de manera que mejor que el conductor no se espere!".

En ese momento aparecieron Chloe y Zoey.

"¡Hola, Nikki! ¿Va todo bien?", preguntó Zoey.

"¡Se te ve un poco nerviosilla!", añadió Chloe.

"¡Bueno, por aquí las cosas ESTÁN un poco difíciles, sí!", explicó Brandon. "Nikki me estaba contando lo de los perros. ¡Pero hay partes que cuesta creer!".

"¡¡¿LE CONTASTE A BRANDON LO DE LOS PERROS?!!", exclamaron las dos a la vez.

"¡SÍ! Quiero decir, ¡NO! Perdón, ¡es que ahora estoy hecha un verdadero lío!", dije mascullando.

"Nikki me dijo que los perros no están ahora en su casa", dijo Brandon.

"¿Entonces ya te contó que los trajimos a la escuela?", dijo Chloe riendo.

"¡¿Y que pusieron patas arriba el almacén del conserje?!", añadió Zoey desternillándose.

"Nikki, ¿por qué nos haces esas muecas tan extrañas mientras señalas a Brandon?", preguntó Chloe.

"¡UPS!", se lamentaron las dos a la vez.

Brandon empezó a atar cabos y a enloquecer. "A ver, a ver si lo he oído bien: ¿acaban de decir que trajeron a los perros a la ESCUELA? ¡¿Y que los metieron en el ALMACÉN DEL CONSERJE?!".

"¿Cómo íbamos a decir eso?", mintió Chloe.

"¡Pero es que Nikki me acaba de decir que su MAMÁ se los llevó de COMPRAS y a un SPA canino!".

"¡¿TU MAMÁ SE HA LLEVADO A LOS PERROS DE COMPRAS Y A UN SPA CANINO?!", gritaron Chloe y Zoey al mismo tiempo.

"Pues sí. Digo, ¡claro que no!", contesté.

"Bueno, Nikki, ahora sí que no entiendo nada", dijo Brandon negando con la cabeza. "Si los perros NO están en tu casa NI en el armario del conserje NI de compras con tu mamá NI en el spa canino, ¿DÓNDE diablos están AHORA?".

Brandon, Chloe y Zoey se quedaron mirándome una ETERNIDAD, esperando mi respuesta.

De repente apareció Marcy corriendo por el pasillo,
¡gritando como una poseída!...

¡Vaya, NO tuve que responder a la pregunta de
Brandon, porque se me adelantó MARCY! ¡☺!

"¡¿CÓMO?! ¡¡¿Que los perros están en el despacho del director Winston?!! ¡¿En SERIO?!", sollozó Brandon.

"¡Tan en SERIO como que nos llamamos como nos llamamos!".

¡Y los cinco salimos disparados hacia el despacho del director!

¡¡☹!!

¡¡¡AAAAAAAAAAAHHHH!!!

(Esa era yo gritando.)

¡MADRE MÍA! ¡Estaba tan ENOJADA conmigo!

¿A QUIÉN se le ocurre creer que podría tener ocho perros escondidos en mi cuarto? ¿Y llevarlos a la escuela? ¿Y ocultarlos en el almacén del conserje? ¿Y en el despacho del director Winston?

¡¡¡¡¿En qué estaba pensando?!!!!

Y cuando creía que lo peor ya había pasado, ¡pues no!

Cuando los cinco llegamos al despacho del director, entreabrimos la puerta y ahí estaban: ¡ocho perros sueltos correteando por todas partes!

JUNTO a un director muy confundido y enfadado...

239

Lógicamente, cuando el director Winston nos vio ahí, estalló: "¡¿Quieren hacer el favor de explicarme POR QUÉ hay una jauría de PERROS SALVAJES sueltos en mi despacho?!", gritó.

"¡Perdón! ¡TODO es c... culpa mía!", murmuré.

"¡No! ¡La culpa es MÍA!", dijo Marcy agachando la cabeza.

"Director Winston, ¡asumo toda la responsabilidad por estos perros!", anunció Brandon solemnemente.

"¡Yo también estoy metida!", dijo Zoey con pena. Y todo el mundo se volvió a mirar a Chloe.

"Yo solo vacié su tarro de dulces", dijo encogiéndose de hombros. "¡Pero no soy traficante de perros!".

¡¡NO podía creer que Chloe nos cargara el muerto A TODOS los demás!!

"¡Espero que el propietario de los perros hable ahora mismo o empiezo a llamar a TODOS sus papás!".

Había tanto silencio que se podía oír el vuelo de una mosca. De repente escuchamos una voz agradable en la puerta...

PERDONE, SEÑOR DIRECTOR, PERO ESTOS PERROS SON PARTE DE MI PROYECTO PARA LA FERIA DE CIENCIAS. ¡NO SÉ CÓMO SE ME HAN ESCAPADO! ¡LO SIENTO MUCHO!

¡¡ERA MAX CRUMBLY!!

Nos quedamos todos pasmados al verlo ahí.
Y el pobre director Winston estaba tan
desconcertado que no sabía a QUIÉN creerle. Hasta
que Max llamó a Holly y los ocho perros lo derribaron
y lo cubrieron de besos...

LIBROS
PARA LA
BIBLIOTECA

Max se presentó al director y le dijo que va a la escuela pública South Ridge.

El proyecto de ciencias que presentaba con Brandon se titulaba "Aplicación de la destilación para convertir agua sucia en agua potable".

Y consistía en aprovechar el agua que va saliendo de la pila de composta y del agua de baño (de los perros) y convertirla en agua limpia y potable.

El director Winston se quedó MUY asombrado con Max y con su proyecto de ciencias. Al parecer, tanto como Chloe, Zoey y Marcy. Por alguna extraña razón, las TRES sufrían de pronto un ataque agudo de risa tonta.

NO podía creer la manera en la que estaban COQUETEANDO con Max.

Total, mientras el director Winston hablaba con Max, Brandon reunió a los perros y los devolvió a la jaula y Chloe, Zoey y Marcy ordenaron el despacho.

¡MAX DISTRAYENDO AL DIRECTOR MIENTRAS REALIZÁBAMOS EL CONTROL DE DAÑOS!

Cuando Max estaba a punto de salir, Brandon y él se miraron.

Entonces Brandon se aclaró la garganta.

"Señor director, si no le importa, tal vez sería conveniente que ayudáramos a Max con los perros".

"Por supuesto. ¡Imagínese que se sueltan durante la feria de ciencias!", agregué.

"¡Buena idea!", dijo el director Winston.
"¿Por qué no van todos a ayudar a Max a vigilarlos?".

"Bien pensado, será mejor que me los lleve a casa antes de que causen más problemas", dijo Max.

"Pues es cierto, Max. ¡ESA idea es aún mejor!", contestó el director con una risita.

Brandon agarró el remolque ¡y los seis salimos de ahí a toda prisa!

Al llegar al pasillo, nos sentimos todos MUY aliviados. Tanto que hasta chocamos los cinco.

"¡Buen trabajo, Crumbly!", exclamó Brandon.

"¡Madre mía! ¡Creía que el director Winston iba a llamar a nuestros papás!", dije entre dientes. "¡Casi me hago pipí!".

Lógicamente, todos se rieron de mi bromita.

"Lo que me recuerda que aún tengo que llamar al conductor para decirle que NO vaya a buscar los perros a tu casa, Nikki!". Sacó su celular. "Le diré que mejor venga a la escuela".

¡Lo importante es que yo había conseguido superar otra CATÁSTROFE! ¡Gracias a MAX CRUMBLY!

¡Ese chico es EXTRAORDINARIO!

¡Estoy tan AGOTADA por todo el lío perruno que me dormiría de pie!

En cuanto salimos del despacho, Chloe se fue presurosa a su casa para prepararla para los perros.

Y, como Brandon tenía que estar en la feria de ciencias, hemos quedado en que se los llevaría yo.

Debo confesar que para mí ha sido un ENORME alivio saber que NO tendría que seguir OCULTÁNDOLOS de mis papás.

Que finalmente lograra tenerlos en mi habitación sin que se enteraran ha sido un auténtico milagro.

Tras un viaje en la camioneta envuelta por el ruido de los perros, llamé impaciente al timbre de Chloe.

¡DING-DONG! ¡DING-DONG! ¡DING-DONG!

Lo primero que pensaba hacer al llegar a casa era relajarme con un buen baño de espuma. ¡☺!

¡Ay, no! El cuarto de baño de arriba todavía apestaba a estiércol y mantequilla de cacahuate. ☹ ¡¡PUAJ!!

Bueno, también podía relajarme terminando una acuarela que había empezado el fin de semana pasado.

Pero no sería sencillo, teniendo en cuenta que los perros se habían comido una pata de mi caballete. ☹

En fin, siempre podría ponerme la pijama y las pantuflas de conejitos para holgazanear y escribir mi diario. ☺

¡TAMPOCO! ¡Los perritos se habían hecho pipí en la pijama y le habían arrancado las orejas a los conejitos! ☹ Ahora parecían ratas peludas (¡mis pantuflas, no los perros!).

Mis ilusiones se vieron interrumpidas cuando por fin me abrieron la puerta. Era alguien que llevaba una mascarilla y una bata de quirófano, guantes de látex y un espray de limpieza...

YO PREGUNTÁNDOME POR QUÉ CHLOE IBA VESTIDA TAN EXCÉNTRICA.

"Hola, Nikki. Sí, soy yo. ¿Recibiste mi mensaje? Lo siento mucho, de verdad", dijo con pena.

A mí me dio un ataque de risa.

"¿Qué pasa, Doctora Juguetes? ¿Te atrapé en mitad de una operación?", bromeé.

Chloe se quitó la mascarilla y me lanzó una mirada asesina.

"¡No, listilla! Resulta que estornudé y a mi tío le dio un ataque de pánico. Y ahora me obliga a llevar puesto esto y ADEMÁS rociar la sala con desinfectante", se quejó. "Resulta que sufre germofobia. ¡Se nos presentó en casa hace unas horas y no quiere regresar a la suya porque su vecino de al lado acaba de adoptar un pe e erre o!".

"¡¿QUÉ?! ¿Acabas de deletrear 'perro'?".

"¡Shhh!", me calló mientras volteaba nerviosa.

"Solo de oír esa palabra le puede dar un patatús. Tenemos que vigilar MUCHO lo que decimos".

"¡Chloe! ¿Quién está en la puerta?", gritó un hombre desde la cocina. "Dile que no puede entrar sin mascarilla y guantes de látex. ¡Ya tenemos bastantes gérmenes en la casa!".

"¡No te preocupes, tío Carlos, por favor!", contestó Chloe bastante enfadada.

Pero él siguió hablando...

"Y, si es el cartero, ¡ve llamando al Centro de Control de Epidemias! A saber qué gérmenes mortales viven en esos sobres ensalivados y lamidos por la gente que este hombre lleva de una casa a otra. ¡No me extrañaría nada que estuviera extendiendo la peste bubónica! ¡Me está dando taquicardia solo de pensarlo!".

"¡Tío Carlos, es mi amiga Nikki!", le respondió Chloe. "¡Cálmate, POR FAVOR!".

"¿Cómo voy a calmarme cuando estás ahí plantada con la puerta abierta? ¿NO ves que estás dejando entrar docenas de gérmenes por minuto transportados por el aire? ¡Ahora entiendo por qué me encuentro mal!", se lamentó mientras desinfectaba la sala.

EL TÍO CARLOS DE CHLOE ES
UN POCO, MMM... ¡RARITO!

"Lo siento, Nikki. No le hagas caso", me susurró. "¿Qué querías?".

"¡Chloe, lo he OÍDO!", gritó. "¡A pesar de mi congestión nasal y de una infección de oído grave a consecuencia de mis alergias, todavía NO estoy sordo!".

Chloe puso los ojos en blanco.

"Pues, verás, Chloe... vine a dejarte estos, mmm... ocho paquetes... como habíamos quedado", dije con torpeza señalándole los perros.

"Veo que NO has oído el mensaje que te dejé en el celular", dijo Chloe suspirando.

"¿Qué mensaje?", pregunté. "Si ha sonado el celular, seguro que no lo oí porque los cachorros armaron una gran BULLA en la camioneta".

Chloe se estremeció al oír la palabra "cachorros".

"¡UPS!", exclamé entre dientes. "¡Lo siento!".

"¡¿CACHORROS?!", exclamó su tío. "¿Alguien acaba de decir 'CACHORROS'? ¡Llévenselos antes de que me empiece la reacción alérgica! ¡Oh, no! ¡Ya empieza a picarme!".

"¡No, tío Carlos! Nikki ha dicho 'Ven cachorrita'. ¡Es que es muy cariñosa!", le mintió Chloe. "¡Ayúdame, Nikki, por favor!", me susurró dándome un codazo.

"¡Eres mi mejor amiga amiguísima, Chloe!", dije en voz muy alta. "¡Te quiero un montón! ¡Acércate, por favor! ¡Dame un abrazo!".

El cachorro más pequeñito, una perrita, ladró. Chloe y yo la callamos.

"¡Chloe! ¡¿Eso que acabo de oír era un PERRO?!", gritó el tío Carlos.

Entonces se puso a toser melodramáticamente. "¡Me está dando un mareo y me falta el aire! ¡Creo que es un ataque de asma! ¡Chloe, rápido, llama a una ambulancia!".

"¡Tío Carlos, tú NO tienes asma!", gruñó Chloe. "Además, en la última hora ya me has hecho llamar a urgencias tres veces. ¡Seguro que ya bloquearon nuestro número de teléfono!".

"¡Usa tu celular!", le respondió su tío. "¡Y el hecho de que ahora no tenga asma no significa que no la vaya a tener luego en algún momento del día!".

Chloe parecía a punto de estallar.

"¿Por qué no cuido yo de los perros y TÚ cuidas de mi tío?", murmuró.

"¡Lo he OÍDO!", volvió a gritar el tío Carlos. "¿Estás SEGURA de que no hay PERROS en esta casa?".

"De verdad, Nikki, ¡lo siento muchísimo!", se disculpó Chloe. "Mis papás ya no me dejan cuidar de los perros porque mi tío se va a quedar todo el fin de semana. Y, por desgracia, dice que es alérgico a ellos. ¡Y, prácticamente, a TODO lo demás!".

"No pasa nada, Chloe, lo entiendo perfectamente", le dije para tranquilizarla.

"¿Y Zoey? A lo mejor se los puede quedar dos días, ¿no?", sugirió Chloe.

"No creo. Hoy es el cumpleaños de su mamá y Zoey la lleva a cenar fuera. Tardarán en llegar a casa. Tendré que quedármelos yo otro día", dije con un suspiro.

Ya me estaban dando retortijones ante la idea de tener que ocultar nuevamente a los perros en casa.

Aunque yo estaba agotada, me daba más lástima Chloe.

Preferiría pasar el fin de semana con una jauría de perros salvajes que con el quejumbroso, algo chiflado y germófobo del tío Carlos.

Chloe me ofreció ayuda para cargar los perros nuevamente en la camioneta.

Cuando íbamos ya hacia el vehículo, apareció su mamá.

"¡Hola, señora García!", dije sonriendo.

"¡Hola, mamá!", dijo Chloe. "Tranquila, que Holly y sus cachorros ya se van".

"¡Hola, chicas! ¿A ver? ¡Oh, pero estos CACHORRITOS son ADORABLES!", gritó la señora García. "¡Chicas, tengo buenas noticias para las dos!".

¡¡YO ESPERANDO QUE LAS BUENAS NOTICIAS SEAN QUE EL TÍO CARLOS SE VA A SU CASA!!

"La tropa de niñas scout Daisy duerme hoy en casa de una de ellas para ganar la insignia de cuidadoras de mascotas. Como Chloe no puede tener a los perros, la líder de tropa, que es mi hermana, dice que ellas lo harían ENCANTADAS, si te parece bien, Nikki".

"¡Me parece una idea súper!", exclamó Chloe. "Y mañana por la mañana mi mamá y yo podemos ir a buscarlos y llevarlos a casa de Zoey. ¡Tú estás agotada y necesitas descansar, Nikki!".

La señora García añadió: "A mi hermana le encantan los perros y tiene uno. Holly y sus cachorros estarán en buenas manos. Y para las dieciséis niñas será una experiencia increíble. ¿Quién sabe? A lo mejor hasta le encontramos hogar a algún cachorro".

"¡Pues a mí también me parece genial!", dije emocionada. "Voy a comentárselo a Brandon a ver qué dice".

Llamé a Brandon desde el celular y le expliqué lo que pasaba con el tío de Chloe y que la hermana de la señora García se había ofrecido a vigilar a los perros (junto con su tropa Daisy). A Brandon le pareció perfecto.

Así pues, ¡todo solucionado!

La señora García se ofreció a dejar a los perros donde las scouts iban a pasar la noche y llevarme después a casa.

¡Parece que mi DRAMA perruno se terminó y que yo SOBREVIVÍ!

···
¡¡¡YAJUUUUUUUUUUU!!!

¡¡☺!!

VIERNES, 17:15 H,
¡NO PUEDO CREER QUE ESTÉ AQUÍ!
¡DE NUEVO! ¡¡☹!!

A Brianna y a mí nos habían gustado TODOS los perros, pero a la que más queríamos era a la pequeñita.

Era LINDÍSIMA, curiosa y lista y le encantaba jugar con los peluches de Brianna.

Iba a extrañar cuidarlos, pero estaba orgullosa de haber contribuido a que no les pasara nada.

También había aprendido que pueden ser, además de muy LINDOS, muy traviesos.

Decir que los siete cachorros de Holly son traviesos se queda corto.

Eran como siete demonios de Tasmania con aliento de cachorro y sin ningún dominio del orinal.

Ya tenía ganas de verlos la semana que viene en Fuzzy Friends.

El caso es que Chloe y yo no teníamos ni idea de dónde iban a dormir las niñas scout. Pero reconocimos la casa en cuanto la señora García detuvo la camioneta en la entrada.

Primero ENLOQUECIMOS.

Y nos quedamos petrificadas.

Después nos empezamos a reír por lo bajo.

Al final nos dio un ataque de risa.

¡Y ya no pudimos parar de reír!

Entre los ocho perros y las dieciséis scouts (incluida la mimada de MI hermana Brianna) nos dio mucha, mucha lástima...

¡¡MACKENZIE HOLLISTER!!...

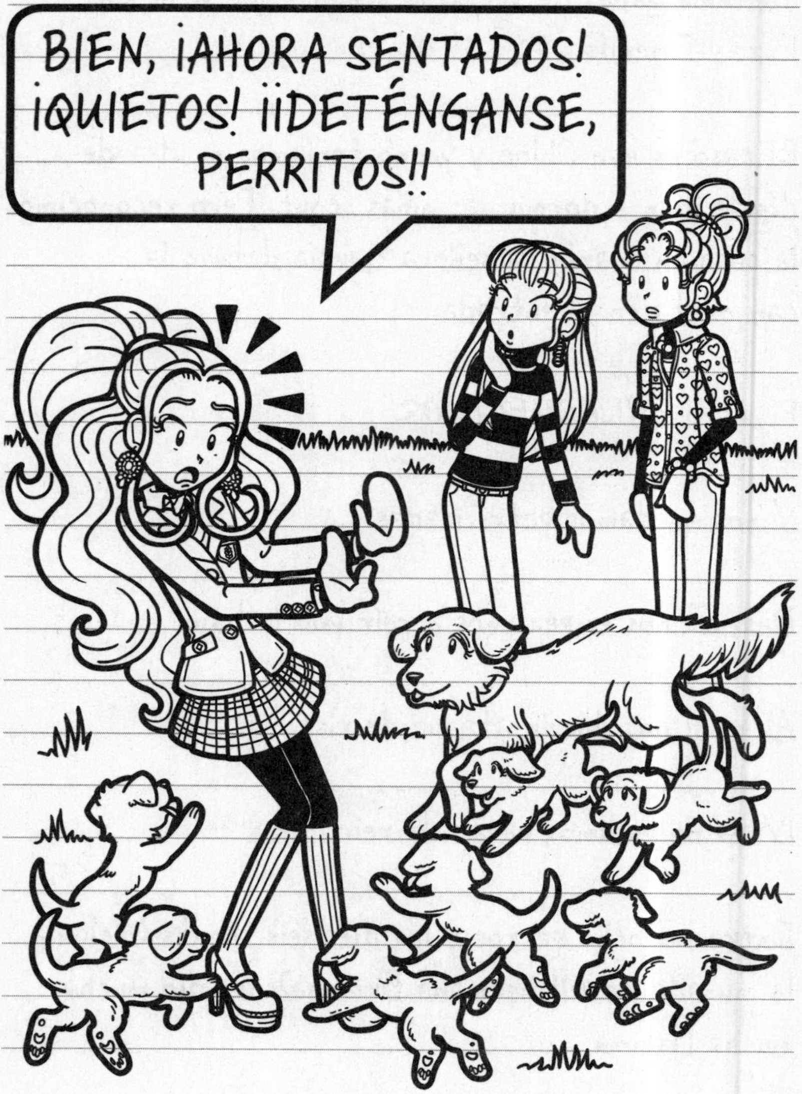
BIEN, ¡AHORA SENTADOS! ¡QUIETOS! ¡¡DETÉNGANSE, PERRITOS!!

¡La pobre MacKenzie se merecía todos los instantes ~~caninos~~ cagones desternillantes que le esperaban!

Iba a ser una noche MUY, MUY larga.

¡Sobre todo teniendo en cuenta que le sugerí a Brianna que *mademoiselle* Bri-Bri abra un nuevo PERRI-SPA en el grandioso y lujoso dormitorio de MacKenzie!

¡Así podrá ofrecer sus faciales de mantequilla de cacahuate a la hermana de MacKenzie, Amanda, a las otras catorce niñas y a los siete perritos! ¡GRATIS!

¡Es broma! ¡¡☺!!

¡¡PARA NADA!!

¡¿Soy o no soy MAQUIAVÉLICA?!

¡JA-JA-JA-JA-JA!

¡¡☺!!

Estaba tan agotada por lo de los perros que dormí hasta pasada la hora del desayuno... y la del almuerzo.

Cuando bajé a la cocina para picar alguna cosa, Brianna ya había regresado de su noche fuera de casa y había vuelto a marcharse, para ir a clase de ballet.

Es decir, que no había podido platicar con ella en todo el día.

Me MORÍA de ganas de saber cómo había ido todo con los cachorros. ¡Y con su nuevo PERRI-SPA! ¡☺!

Mi mamá me dijo que mi hermana se la había pasado muy bien durmiendo fuera y cuidando de los perritos. Y que había ganado la insignia según la cual podría ser una propietaria de mascota responsable.

Decidí ir con mi mamá a buscar a Brianna al ballet.

¡Y al llegar a la academia me enteré de una cosa ESCANDALOSA!

Pero primero tengo que dejar algo muy claro.

Yo no soy de esas personas que difunden CHISMES acerca de los demás.

Y no hablo de la gente a sus espaldas (a diferencia de la mayoría de los GPS, Guapos, Populares y Simpáticos, que chismorrean sobre ti directamente en tu CARA).

Pero no he podido EVITAR enterarme del último TRAPO SUCIO de cierta reina del melodrama ladrona de diarios que acaba de ingresar en la Academia Internacional North Hampton Hills.

Y procedía de una fuente MUY fiable.

Concretamente, de la hermanita de MacKenzie, AMANDA.

Yo solo trataba de ser amable cuando, inocente, le pregunté...

¡YO PLATICANDO CON LA HERMANITA
DE MACKENZIE, AMANDA!

"Bueno, Amanda, si es un secreto, no me lo cuentes", le dije dándole un abrazo. "Aunque estoy SEGURA de que este año Santa les va a traer a ti y a tu mejor amiga Brianna un montón de juguetes, ¡¡porque son las hermanas PEQUEÑAS más adorables que una hermana MAYOR puede tener!!", ~~mentí~~ dije.

"¿Lo dices en serio?", preguntó Amanda entre risitas. "Bueno, pues el gran secreto de MacKenzie es...".

"¡Espera!", interrumpió Brianna sonriéndome como una serpiente con tutú rosa. "Como somos hermanas pequeñas tan dulces, ¿¡nos llevarás a Amanda y a mí a ver *El Hada de Azúcar al rescate de la isla del Bebé Unicornio, episodio 9*?! ¡POR FAVOOOOR!".

"¡Guau! ¡Una peli del Hada de Azúcar! ¡Sería algo FANTÁSTICO!", gritó Amanda.

Lancé una mirada asesina a Brianna.

NO podía creer que se aprovechara así de mí.

Pero quería saber lo último sobre MacKenzie, no me quedaba más remedio que ceder a sus demandas.

"Bueno, sí. Pero antes tendré que hablar con tu mamá, Amanda", le dije. "Ahora volvamos al gran secreto de MacKenzie, ¿ok? ¡SUÉLTALO!".

Amanda agarró aire y empezó de nuevo: "Pues resulta que cuando MacKenzie llegó a la nueva escuela...".

"¡Una cosa!", interrumpió Brianna. "¿Nos comprarás palomitas de mantequilla bien calientes?".

"¡SÍ, CLARO!", dije molesta. "¡Palomitas también!".

"¡Y ositos de azúcar!", añadió Brianna.

Esa mocosa mimada estaba exprimiéndome más que a un limón.

¡NO podía creer que la AVARICIOSA de mi hermana estuviera manipulándome de esa manera!

¡¡Hay que ser DESCARADA!!

"¡SÍ! ¡Ositos de azúcar también!", dije apretando los dientes. "Pero nada más. ¡Basta! ¡Hasta aquí hemos llegado!".

Brianna me sonrió como un bebé tiburón...

¡¡Nikki, eres la MEJOR hermana del MUNDO!!

"A ver, Amanda, ¿dónde nos quedamos antes de que Brianna nos INTERRUMPIERA así?".

Amanda bajó mucho la voz.

Y me contó parte de lo que le había pasado a MacKenzie en su nueva escuela.

¡MADRE MÍA!

Lo que me explicó era...

¡INCREÍBLE!

Ahora ya entiendo el comportamiento de MacKenzie cuando la vimos en Dulces Cupcakes.

¡CASI sentí LÁSTIMA por ella!

Obsérvese que dije "casi".

Pero ahora mismo tengo que dejar de escribir.

Porque para celebrar que Brianna ganó la insignia de cuidadora de mascotas, ¡¡mamá nos lleva al Crazy Burger!!

¡¡YAJUUUUUUU!! ¡☺!

Ahora estoy tan hambrienta que me comería uno de esos sombreros con forma de hamburguesa de Crazy Burger, con ojos locos incluidos.

¡¡☺!!

Hace una hora estuve platicando con Zoey por teléfono. Me contó que Chloe le había dejado los perros a mediodía y que desde entonces se la estaba pasando fenomenal con ellos.

¡Hay tanta PAZ en MI habitación desde que se han ido los perritos! Los extraño mucho.

Bueno, el caso es que sigo impactada por lo que me enteré hoy de MacKenzie.

Se ve que su primer día en la nueva escuela estuvo bien y todo el mundo fue muy AMABLE con ella, pero el segundo día se convirtió en una catástrofe.

MacKenzie estaba en los baños cuando entró un grupo de las chicas más populares de la escuela. Se estaban riendo a carcajadas de algo y les oyó decir su nombre.

Cuando miró desde el cubículo...

¡¡LAS SORPRENDIÓ RIÉNDOSE Y BURLÁNDOSE DE AQUEL VIDEO DE ELLA CON EL BICHO EN EL PELO!!

¡¡MACKENZIE SENTÍA TANTA VERGÜENZA
Y HUMILLACIÓN QUE SE QUEDÓ TRES
HORAS SIN SALIR DEL BAÑO, HASTA QUE
TERMINARON LAS CLASES!!

¡¡Y además la castigaron a quedarse una hora después de clase por haberse ausentado tanto!!

Amanda dice que MacKenzie DETESTA a los populares de North Hampton Hills porque son malos y creídos y se burlaron de ella por el video del bicho.

¡MADRE MÍA! Esa historia de maltrato me recordaba mucho, demasiado y todo. ¡Esas chicas de North Hampton Hills estaban tratando a MacKenzie IGUAL que ELLA me había tratado a MÍ!

Se ve que algunos de los alumnos de su nueva escuela habían decidido llamar a MacKenzie Hollister, la antigua Abeja Reina de los GPS...

¡GRAN BOBA!

Ya ves, MacKenzie, ¡bienvenida al club! ¡☺!

Todo esto me parece TAN increíblemente, mmm...

¡¡¡INCREÍBLE!!

Porque esto no era NADA comparado con la GPS MALTRATADORA que tuvo su casillero junto al mío durante ocho largos meses en el Instituto WCD.

¡Caray! ¿Quién en su sano juicio NO DESEARÍA ir a una escuela tan elegante como la Academia Internacional North Hampton Hills?

Amanda dice que MacKenzie se inventó cosas lindas acerca de su vida y fingió que era distinta para caer bien a sus nuevos compañeros. Y eso también explica por qué prácticamente me había robado MI identidad según supe en Dulces Cupcakes.

Pero mi conversación con Amanda se vio BRUSCAMENTE interrumpida por una voz chillona.

"¡¡AMANDA!! ¡Ya te dije que no hables NUNCA con esa niña MALCRIADA ni con su PATÉTICA hermana! ¡Vámonos! ¡¡AHORA!!", aulló MacKenzie.

Luego descendió como un, mmm... buitre sobre Amanda y se la llevó como si fuera... una carroña...

¡MACKENZIE AGARRA A AMANDA Y
SE LA LLEVA CASI A RASTRAS!

En ese momento el rostro de Brianna se iluminó con una enorme sonrisa.

"¡Creo que MacKenzie sigue enojada por lo del Perri-Spa que hice anoche en su dormitorio!", dijo entre risas. "¡A todo el mundo le ENCANTÓ! ¡Menos a ella!".

¡Y no lo creerás! ¡¡MacKenzie no me dirigió la palabra!!

Se limitó a irse alzando el mentón y contoneándose como si yo no estuviera.

¡¡Qué RABIA me da que haga eso!!

En fin, Brianna tiene parte de culpa de que no haya podido saber más detalles de lo que pasó. No le dejó terminar ni una sola frase a Amanda porque la interrumpía para exigir todo tipo de golosinas malsanas para el cine.

O sea que, si quiero saber más TRAPOS SUCIOS sobre MacKenzie, parece que no me quedará más remedio que pasar una tarde con Brianna y Amanda llevándolas a ver *El Hada de Azúcar al rescate de la isla del Bebé Unicornio, episodio 9*.

Tener que aguantar otra de esas películas estúpidas y bobas del Hada de Azúcar valía la pena si me permitía estar un paso por delante de MacKenzie y su FESTIVAL DRAMÁTICO.

¡¡☺!!

DOMINGO, 4 DE MAYO, 19:00 H,
MI CASA

¡Brandon me acaba de llamar con unas noticias estupendas sobre Fuzzy Friends!

Según el director, cuatro perros habían sido adoptados ya el viernes y seis, el sábado.

¡O sea que esta mañana Fuzzy Friends ya tenía diez plazas para animales nuevos!

¡YAJUUUUUUUUUUU! ¡¡¡☺!!!

¡Lo que significaba que POR FIN había sitio para Holly y sus siete cachorros!

¡Pero ahora viene lo mejor!

¡¡¡TODOS LOS CACHORROS HAN SIDO ADOPTADOS!!! ¡¡Y HOLLY TAMBIÉN!!

El veterinario dijo que Holly casi había destetado a los cachorros y que ya comían sólido.

Me sentía feliz y triste a la vez. Me hubiera ENCANTADO quedarme con un perrito.

Pero, después de todo lo que me dijo mi mamá sobre los muebles nuevos y la alfombra, ya ni me molesté en pedirlo.

La hermana de la señora García adoptó a Holly, ¡y cuatro de los cachorros se los quedaron algunas niñas scouts! ¡SÚPER!

Total, que gracias al tío Carlos de Chloe, ¡cinco perros habían encontrado hogar!

Y Marcy también se quedó con uno, y otros dos han ido a parar con personas que estaban en la lista de espera de golden retrievers de Fuzzy Friends.

Me rompía el corazón que esos maravillosos perros hubieran sido asignados a OTRAS familias.

Supongo que en MI casa NUNCA JAMÁS entrará un perro.

Trataba de contener el llanto.

Sé que es una bobada haberme encariñado tanto con ellos en tan pocos días.

Pero me entristece mirar la marca que dejó la jaula en la alfombra.

¡Ahora en mi habitación hay tanto silencio que casi no puedo dormir!

Brianna también extraña a los cachorros.

Mira que le hice jurar por el Bebé Unicornio Rosa del Hada de Azúcar que lo mantendría todo en SECRETO, pero últimamente SOLO habla de eso.

"¿Saben a quiénes les GUSTARÍAN de verdad estas albóndigas?", dije con un suspiro durante la cena. "¡A Holly y los siete cachorros que ocultamos en el cuarto de Nikki! Los extraño mucho".

Una parte de mí tenía ganas de estirar el brazo y darle una cachetada. Y la otra parte se había asustado tanto que casi me ahogo con una albóndiga.

Bueno, la verdad es que... ¡TODA YO ya me estaba ahogando con esa albóndiga!

"¡Nikki!", gritó mi mamá. "¡¿Estás bien?!".

Tosí y bebí jugo rápidamente para hacer bajar la albóndiga antes de empezar a ponerme azul.

"¡Perdón! ¡Las albóndigas están tan buenas que me da pena tragarlas!", dije con una risa nerviosa.

Mis papás se cruzaron una mirada.

"Brianna, ¿qué decías sobre unos cachorros?", le preguntó mi papá intrigado.

"¡Brianna!", interrumpí en un intento desesperado por cambiar de tema. "¿Qué tal está Oliver? ¡Seguro que a él también le gustan las albóndigas!".

"¡Sí, pero a los cachorros MÁS!", se lamentó. "Me dijo que quería jugar con los que tenías en la habitación".

Mi papá frunció el ceño. "¿Qué son? ¿Cachorros de peluche del Hada de Azúcar?".

"¡No, papá! ¡Son los cachorros de Nikki! ¡Y son de VERDAD!", lo corrigió Brianna.

"No, papá, no son de verdad", expliqué. "Pero a Brianna le gusta imaginar que viven en mi habitación".

"¡No, señora!", protestó. "¡Son de verdad y tú lo sabes! ¡Acuérdate de los cojines rotos en la sala! ¡Y de la mantequilla de cacahuate y el lodo del Perri-Spa en el baño de arriba! ¡Y de la caca de perro que encontramos en la habitación de los papis! ¡Y de...!".

"¡JA, JA, JA!", reí muy fuerte para que no la oyeran. "¡¿Caca de perro en el cuarto de mamá y papá?! ¡Madre mía! ¡Dices unas COSAS, Brianna...!".

"Pues no te reías tanto cuando te tiraste al piso del cuarto de baño que estaba cubierto de lodo, mantequilla de cacahuate y papel del inodoro!", gritó Brianna sacándome la lengua.

"¡Brianna!", la regañó mi mamá. "¡Ya está bien!".

¡NO podía creer que esa mocosa MIMADA estuviera aireando así mis asuntos! ¡Mil gracias, Brianna!

Gracias por delatarme de ese modo para que mamá y papá me castiguen sin salir hasta los dieciocho años.

"De verdad que no entiendo POR QUÉ Brianna está de pronto tan obsesionada con los cachorros", dije encogiéndome de hombros con cara de inocente. "Supongo que es por lo de la noche con las scouts".

Mis papás volvieron a mirarse.

Y yo empecé a sentirme algo incómoda.

Había algo raro en ellos, no estaban como siempre.

¿Creían lo que contaba Brianna aunque sonara tan de locos?

"Nikki, ¿me ayudarás luego de cenar a traer el mandado que está en el auto?", dijo mi mamá.

Veinte minutos después estaba llevando una media docena de bolsas de la tienda Mascotas y MásCosas.

"¿Esto compraste?", pregunté extrañada. "Mamá, ya sé que algún día viste a Brianna beber directamente del inodoro y morder al cartero, pero... ¡de ahí a comprarle Chiki Kan! ¡¿No te parece un poco exagerado?!".

"Es para una colecta de alimentos de la tropa de Brianna", dijo mi mamá.

"¡Uy! ¿Qué es todo esto?", dijo Brianna. "Mami, ¿me compraste cereal para cachorros? ¡ÑAM!".

No podía creer lo que acababa de oírle decir.

"Me comí un montón de barritas de tocino para perros cuando Nikki los tuvo en casa", presumió.

De pronto apareció mi papá bajando las escaleras con una gran caja blanca adornada con un lazo rojo.

"¡VAYA!", exclamé. ¡Tal vez era una laptop nueva porque Brianna había metido la otra en el lavavajillas!

Y al abrir la caja y mirar en su interior...

¡Salió un cachorrito que se abalanzó sobre nosotras y comenzó a lamernos la cara!

¡Era la hija menor de Holly! ¡La que nos gustaba tanto a Brianna y a mí!

"¡¡YAJUUUUUUUUUUUUUUUUU!!", gritamos a la vez.

"¡GUAU! ¡GUAU! ¡GUAU!", ladró la perrita.

¡Estábamos tan contentas que nos echamos a LLORAR!

"¡Llevaba mucho tiempo insistiéndole a tu mamá y finalmente ha cedido!", presumió mi papá. "¡Ya me pueden dar las gracias!".

"Bueno, la verdad es que llevan toda la semana platicando de perros y al final me planteé en serio lo de tener uno en casa. Cuando fui a buscar a Brianna y vi a ESTA perrita tan preciosa no pude evitar encariñarme a primera vista. Llamé corriendo a Fuzzy Friends y tramité su adopción".

"¿Podemos llamarla DAISY?", preguntó Brianna emocionada. "¡Es la perrita más pequeña, bonita y dulce del mundo mundial!".

Yo estaba totalmente de acuerdo. ¡Estábamos tan felices y emocionados que nos dimos un abrazo de grupo! ¡Con DAISY!...

¡¡LA PERRITA NUEVA DE LA FAMILIA MAXWELL!!

"¡Algo me decía que era para nosotros!", dijo mi mamá, mientras le guiñaba un ojo a mi papá.

Me puse totalmente paranoica. ¿Qué significaba ESE comentario?

Creía que había conseguido realizar la mayor operación de tráfico de cachorros de la historia de la familia Maxwell sin ser descubierta.

Pero empiezo a pensar que los que nos tienen engañadas a Brianna y a mí son mis papás.

¡Lo importante era que Holly y sus cachorros ya tenían hogar! ¡Y NOSOTROS teníamos una perrita adorable llamada Daisy!

¡Y la semana que viene en la escuela iba a ser la primera de todo el curso sin MELODRAMAS!

¡¡Mi vida era PERFECTA!! ¡¡☺!!

Hasta que leí el mensaje de correo electrónico que el director Winston envió a mis papás...

PARA: Sr. y Sra. Maxwell

DE: Director Winston

REF.: Semana de Intercambio de Alumnos

Queridos padres:

Cada curso, todos los alumnos de entre 14 y 15 años del WCD participan en una semana de intercambio con otras escuelas locales. Pensamos que así se contribuye a fomentar buenas relaciones con los alumnos y profesores de los colegios anfitriones.

Su hija Nikki Maxwell asistirá a la ACADEMIA INTERNACIONAL NORTH HAMPTON HILLS junto con otros alumnos del WCD. Será una ocasión de mostrar el mejor de los comportamientos, seguir el ideario y las normas del colegio anfitrión y ser causa de orgullo para nuestra escuela. La semana que viene facilitaremos a los alumnos más información acerca de este importante acontecimiento. No duden en comentarme cualquier duda o pregunta.

Atentamente,

Director Winston

Al principio pensé que la carta era una BROMA.
Pero luego fui a mirar la agenda del WCD en la
web de la escuela y, efectivamente, aparecía
la Semana de Intercambio de Alumnos como una
actividad oficial.

¡¡SÚPER!! ¡¡☹!!

¡¡¿Ahora resulta que iré a la escuela de MacKenzie?!!

¡Justo cuando pensaba que esa reina del melodrama ya
estaba fuera de mi vida PARA SIEMPRE, reaparece
como una de esas PESADILLAS que se repiten!

Aunque, con lo que me he enterado ahora, creo que yo le
podría ser de ayuda. ¡Se la pasa muy MAL una cuando
otros alumnos hacen que te sientas rara en tu escuela!

¡Claro que basta con creer en TI MISMA! ¿Que por
qué lo sé? Probablemente porque...

¡SOY TAN BOBA!

¡¡☺!!

AGRADECIMIENTOS

¡YAJUUU! ¡Lo hemos vuelto a conseguir! Me alegra presentarles otro libro de nuestra maravillosa serie Diarios de Nikki.

Y con cada nuevo libro agregamos otra dosis de diversión, drama y emoción al excéntrico mundo de Nikki Maxwell.

No lo habríamos logrado sin la ayuda de los siguientes miembros del EQUIPO BOBO:

Liesa Abrams Mignogna, mi SUPERLINDA y CREATIVA directora editorial. ¡Gracias por todo lo que haces! ¡Siempre me asombra cómo mueves todas las piezas para que este manuscrito llegue a destino a su debido tiempo! ¡Es muy divertido trabajar contigo! Y saber que aún te ríes a carcajadas cuando lees mis libros me anima a seguir haciendo llegar la voz de Nikki al mundo entero. ¡Estoy impaciente por mostrar a nuestros fans BOBORREICOS quién es MAX CRUMBLY y crear recuerdos aún más increíbles contigo!

Karin Paprocki, mi TALENTOSA directora de arte. ¡ME ENCANTA y ME ENCANTA nuestra cubierta con huellas de cachorro! ¡Será otro éxito seguro! Gracias por tu INCREÍBLE trabajo y por hacer lo imposible por superar nuestro LOCO calendario.

Mi maravillosa editora jefe Katherine Devendorf. Gracias por lo mucho que has trabajado en esta serie y por aguantarnos a esas horas de la madrugada. Tu dedicación nos ha permitido llevar a buen puerto otro libro alucinante.

Daniel Lazar, mi FABULOSO agente en Writers House. Gracias por tu honradez y tu apoyo. Eres más que un agente, eres un verdadero amigo y un auténtico bobo hasta la médula. ¡Gracias por creer en mí!

Un agradecimiento especial a mi Equipo Bobo de Aladdin/Simon & Schuster: Mara Anastas, Mary Marotta, Jon Anderson, Julie Doebler, Jennifer Romanello, Faye Bi, Carolyn Swerdloff, Lucille Rettino, Matt Pantoliano, Teresa Ronquillo, Michelle Leo, Candace McManus, Anthony Parisi, Christina Pecorale, Gary Urda y toda la gente de ventas. ¡Nunca lo habría conseguido sin ustedes! ¡Son INSUPERABLES!

Torie Doherty-Munro de Writers House; a mis agentes internacionales Maja Nikolic, Cecilia de la Campa y Angharad Kowal, y a Deena, Zoé, Marie y Joy... ¡Gracias por ayudarme a boborrificar al mundo!

A Erin, mi coautora supertalentosa, y a Nikki, mi ilustradora supertalentosa. Tenerlas por hijas es una verdadera BENDICIÓN. Kim, Don, Doris y el resto de mi familia, no saben lo feliz que me siento de compartir este sueño con ustedes. ¡Los quiero mucho a todos!

¡Y no olviden dejar asomar su lado BOBO!

Rachel Renée Russell es una abogada
que prefiere escribir libros para adolescentes antes que
textos legales. (Más que nada porque los libros son mucho
más divertidos y en los juzgados no se permite estar en
pijama ni con pantuflas de conejitos.)

Crio a dos hijas y vivió para contarlo. Entre sus
hobbies destacan el cultivo de violetas y la realización de
manualidades totalmente inútiles (como, por ejemplo, un
microondas construido con palitos de paleta, pegamento y
diamantina). Rachel vive en el norte de Virginia con
Yorkie, su mascota malcriada, que todos los días la
aterroriza trepando a lo alto del mueble de la computadora
y tirándole animales de peluche cuando está escribiendo.
Y, sí, Rachel se considera a sí misma una boba total.

OTRAS OBRAS DE
Rachel Renée Russell